BIONICLE

Le piège des Visorak

BIONICLE®

*TROUVE LE POUVOIR,
VIS LA LÉGENDE.*

La légende prend vie dans ces livres passionnants de la collection BIONICLE® :

1. Le mystère de Metru Nui
2. L'épreuve du feu
3. Sous la surface des ténèbres
4. Les légendes de Metru Nui
5. Le voyage de la peur
6. Le labyrinthe des ombres
7. Le piège des Visorak

BIONICLE®

Le piège des Visorak

Greg Farshtey

Texte français d'Hélène Pilotto

Éditions
SCHOLASTIC

*Pour Fiona, la Toa du stylo rouge,
avec qui c'est toujours un plaisir de travailler
et qu'il fait bon connaître
— G.F.*

Catalogage avant publication de Bibliothèque
et Archives Canada

Farshtey, Greg
Le piège des Visorak / Greg Farshtey;
texte français d'Hélène Pilotto.

(BIONICLE)
Traduction de : Web of the Visorak.
Pour les 9-12 ans.
ISBN 0-439-94054-0

I. Pilotto, Hélène II. Titre. III. Collection: Farshtey,
Greg BIONICLE.

PZ23.F28Pi 2006   j813'.54   C2005-907096-X

LEGO, le logo LEGO, BIONICLE et le logo BIONICLE
sont des marques de commerce du Groupe LEGO
et sont utilisées ici grâce à une permission spéciale.
© 2006 Le Groupe LEGO.
Copyright © Éditions Scholastic, 2006, pour le texte français.
Tous droits réservés.

Il est interdit de reproduire, d'enregistrer ou de diffuser en tout ou en partie
le présent ouvrage, par quelque procédé que ce soit, électronique, mécanique,
photographique, sonore, magnétique ou autre, sans avoir obtenu au préalable
l'autorisation écrite de l'éditeur. Pour toute information concernant les droits,
s'adresser à Scholastic Inc., 557 Broadway, New York, NY 10012, É.-U.

Édition publiée par les Éditions Scholastic,
175 Hillmount Road, Markham (Ontario) L6C 1Z7.

5 4 3 2 1   Imprimé au Canada   06 07 08 09

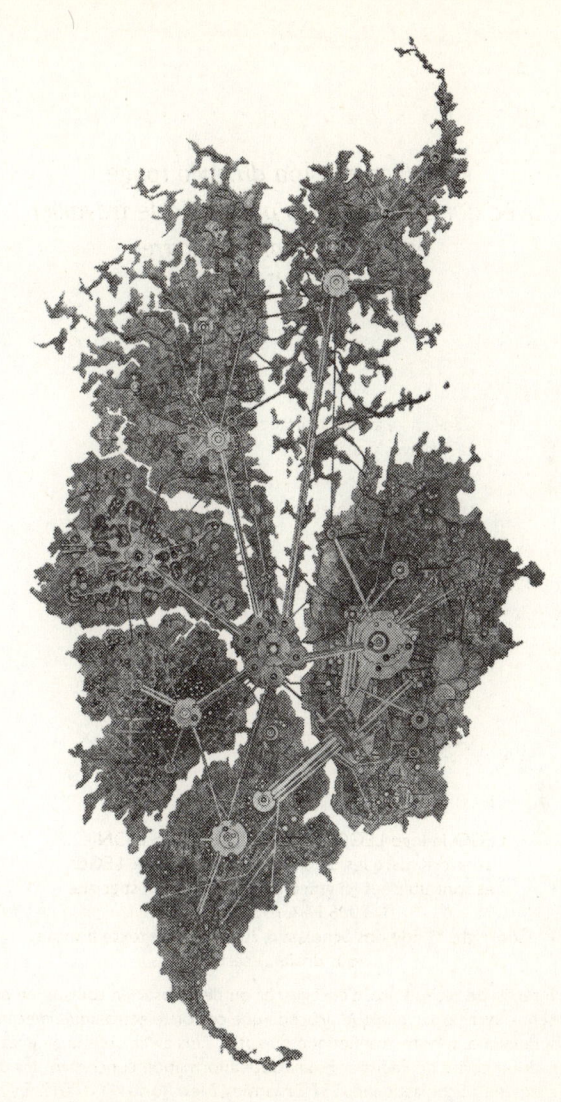

La cité de Metru Nui

INTRODUCTION

Turaga Vakama et Toa Nuva Tahu contemplaient le site original de leur ancien village. Ta-Koro avait été une solide forteresse dont aucun ennemi n'avait franchi les murs. Mais cela, c'était avant la nuit terrible marquant l'arrivée des Rahkshi, quand le village avait été détruit et englouti dans la lave.

— Pourquoi m'avez-vous conduit ici? demanda Tahu. Il y avait sûrement un autre endroit tranquille où me raconter votre légende de Metru Nui.

— Il y en a plusieurs, en effet, reconnut Vakama, mais aucun qui ne soit plus approprié que celui-ci. Tu vois, Tahu, cet endroit était ton chez-toi sur l'île et maintenant, il n'existe plus. À la chute de Ta-Koro, tu as ressenti un grand vide, du chagrin, de la culpabilité, de la rage… n'est-ce pas?

— Bien sûr, vous le savez.

— Dans ce cas, c'est le meilleur endroit pour t'aider à comprendre l'histoire que j'ai à te raconter, poursuivit le Turaga du feu. Il y a un millier d'années vivaient six héros, les Toa Metru, dont je faisais partie. Nous vivions dans une grande cité du nom de Metru Nui. Un jour, Makuta a attaqué notre cité et, malgré tous nos efforts, il a réussi à emprisonner les Matoran et à détruire Metru Nui… encore plus que nous ne pouvions l'imaginer.

Vakama hocha lentement la tête en évoquant ces souvenirs douloureux.

— Nous nous sommes enfuis et avons découvert une nouvelle terre d'accueil, cette île, que nous avons baptisée Mata Nui. Mais nous devions quand même retourner à Metru Nui pour sauver les Matoran et les ramener ici. Nous n'avions pas le choix.

— Vous semblez regretter cette décision, fit remarquer Tahu, étonné. Vous étiez des Toa. C'était votre devoir de protéger les Matoran. Qu'auriez-vous pu faire d'autre que d'essayer de les secourir?

— Nous aurions pu le faire avec sagesse! répliqua Vakama avec vivacité. Nous aurions pu faire preuve de solidarité! Si nous l'avions fait, peut-être que ce cauchemar des Hordika ne se serait jamais produit… peut-être que les Visorak n'auraient jamais réussi à

Le piège des Visorak

nous tendre un piège.

— Hordika… Visorak… Je ne connais pas ces noms, dit Tahu.

— Estime-toi chanceux, répondit Vakama. Réjouis-toi qu'ils ne hantent pas tes rêves comme c'est le cas pour moi depuis, ma foi, les mille dernières années.

Vakama plongea la main dans son sac et en retira une pierre noire. Tahu la connaissait bien. Chaque fois qu'on racontait des légendes du passé, cette pierre posée sur le sable représentait le méchant Makuta, l'ennemi de tous les Toa et de tous les Matoran.

— Je ne comprends pas, dit Tahu. Les autres Toa et vous, vous avez vaincu Makuta et vous l'avez emprisonné dans une capsule de protodermis solide incassable. Il ne pouvait tout de même pas guetter votre retour à Metru Nui?

Vakama brandit la pierre.

— Non. Dis-moi, Tahu, as-tu déjà bien observé cette pierre de Makuta? Ce n'est pas un vulgaire caillou ramassé sur une plage de Mata Nui. C'est bien plus que ça. C'est… un aide-mémoire. En écoutant mon récit, tu comprendras bientôt comment il l'est devenu.

La nuit tomba et, une fois de plus, Vakama se mit à parler des temps anciens. Tahu s'assit en silence, écoutant attentivement ses paroles, tout en luttant

BIONICLE®

contre un sentiment étrange. Bien qu'il sache que c'était impossible, il aurait juré que même les ténèbres s'étaient rassemblées pour écouter le récit de Vakama.

1

Durant la courte période où il avait été un Toa, Vakama avait failli être étouffé par les sarments de vigne de la Morbuzakh, dévoré par des rats-rocheux et absorbé par Makuta lui-même. Il était conscient qu'il risquait sa vie chaque fois qu'il affrontait un ennemi. Jusqu'à présent, il avait entrevu la mort d'une centaine de façons différentes.

Malgré cela, le Toa du feu était maintenant sur le point de mourir d'une façon qu'il n'aurait jamais envisagée même s'il avait vécu un million d'années : par le feu. En tombant à genoux devant l'assaut de son ennemi, cette étrange pensée lui traversa l'esprit : *Les autres Toa ne croiront jamais cela.*

Pourtant, sa mission avait débuté assez simplement. Les Toa Metru avaient finalement atteint les berges de la mer argentée qui entourait la cité de Metru Nui. Au cœur de la cité, enfouies profondément sous le Colisée, se trouvaient des centaines de sphères contenant les Matoran endormis. Si les Toa ne venaient

BIONICLE®

pas à leur secours, ils pourraient bien dormir pour l'éternité. C'était pour sauver leurs amis que les Toa avaient entrepris le voyage de retour jusqu'à la mer.

Ils avaient malheureusement oublié une chose importante. Lors de leur première traversée, les Toa avaient utilisé un véhicule Vahki auquel ils avaient fixé des sphères pour le faire flotter. Ces sphères et le véhicule étaient restés sur les berges de l'île où les Toa avaient trouvé refuge. Sans bateau, les possibilités étaient minces. Les Toa capables de voler auraient toujours pu transporter ceux qui ne volaient pas, mais cette solution s'avérait impossible sur une aussi longue distance.

Il ne leur restait plus qu'à trouver un autre moyen de faire la traversée. Matau avait offert de partir à la recherche de vieux toboggans qui traversaient peut-être le fond de la mer. Onewa et Whenua voulaient essayer de construire un radeau, en supposant qu'ils puissent dénicher les bons matériaux pour le faire. Nokama et Nuju avaient la conviction qu'un vaisseau ancien quelconque était caché tout près, laissé là par ceux qui avaient creusé les tunnels menant à la surface. Croyant peu aux chances de réussite de ces idées, Vakama avait décidé de partir seul de son côté pour explorer les lieux.

Le piège des Visorak

Il avait découvert de nombreuses chambres fortes datant de l'époque où Makuta utilisait cet endroit comme base. La plupart des Rahi en tous genres, à qui l'être diabolique avait confié la garde de ces lieux, les avaient abandonnés. Il n'y avait malheureusement rien là qui puisse être utile aux Toa Metru.

Il était sur le point de faire demi-tour et d'aller rejoindre Nokama et Nuju quand il aperçut la porte d'une autre chambre forte. Celle-ci était si bien camouflée grâce à son revêtement rocheux qu'elle se fondait dans le reste de la paroi du tunnel. Se disant que tout ce que Makuta voulait garder caché devait avoir une certaine valeur, Vakama fit fondre la serrure et poussa la porte massive.

La faible lueur d'une seule pierre de lumière éclairait la pièce. Des étagères encombrées de morceaux de Vahki et de Kralhi couvraient les murs. D'autres parties de robots et divers mécanismes jonchaient le sol. L'endroit ressemblait à un de ces villages de Po-Metru où les agents des forces de l'ordre avaient été construits et assemblés.

Pourquoi Makuta possédait-il tout ça? s'interrogea Vakama. *Les Vahki étaient une invention des Matoran, ils avaient été créés pour nous protéger. Makuta n'avait rien à voir avec leur création, à moins que…*

Le Toa du feu fronça les sourcils. Les Matoran avaient pris grand soin de concevoir les Vahki de telle sorte qu'ils ne causent aucune blessure physique. Il était possible que Makuta ait tenté de transformer ces agents des forces de l'ordre pour les rendre plus violents et plus dangereux, afin de servir ses propres intérêts.

Metru Nui ne se plaindra pas de ton absence, Makuta, se dit Vakama. *J'espère seulement que tu ne sortiras jamais de ta prison.*

Quelque chose d'autre attira son regard. Il déplaça quelques pièces de Vahki et découvrit une paire de pattes insectoïdes, du même genre que celles des véhicules Vahki. En fouillant davantage, il trouva d'autres parties de véhicule. Il réfléchit un moment à l'ironie de la situation : les expériences de Makuta pourraient bien finir par aider à sauver les Matoran. Puis il commença à rassembler les morceaux au centre de la pièce.

Un jet de chaleur le frappa par-derrière, aussi intense qu'une gerbe de flammes jaillissant d'un puits à feu de Ta-Metru. Vakama se retourna et vit quelque chose prendre forme devant la porte. Au début, ce n'était qu'une forme floue, rouge et orangée, entourée d'ondes scintillantes de chaleur. Puis tout cela fusionna

Le piège des Visorak

en une créature de flammes qui brillait entre Vakama et la sortie.

— Parles-tu? demanda le Toa du feu.

La créature de flammes ne répondit pas.

— Si tu es au service de Makuta, sache que ton maître ne reviendra pas, poursuivit Vakama. Tu peux t'en aller. Comprends-tu?

La créature brilla encore plus fort. Même Vakama, dont les composantes de Toa étaient résistantes au feu, dut reculer d'un pas pour échapper à l'intensité de la chaleur. Comme si elle sentait la peur naître chez son adversaire, la créature commença à s'approcher.

Vakama s'empressa de charger et de lancer un disque Kanoka. Une langue de feu jaillit du corps de son ennemi, enroba le disque et le fit fondre alors qu'il était encore en l'air.

Le Toa du feu projeta une boule de feu tout en se doutant qu'elle n'aurait aucun effet. La créature en envoya une, elle aussi, et les deux boules entrèrent en collision, annulant mutuellement leur effet. Vakama chargea, cette fois en faisant fondre le sol de pierre sous les pieds de son adversaire. L'être de feu ne fit pas un geste. Il utilisa plutôt ses pouvoirs pour créer un courant de chaleur ascendant qui le maintint au-dessus du sol.

BIONICLE®

J'aurais bien des choses à apprendre à propos de mes pouvoirs grâce à cette créature, songea Vakama. *Le problème, c'est de réussir à vivre assez longtemps pour les mettre à l'essai.*

La température de la chambre, déjà haute suite à la bataille, se mit à grimper davantage. L'être de feu agissait comme une fournaise, essayant d'affaiblir Vakama en répandant une chaleur intense avant de l'achever. Et cela fonctionnait, à la grande surprise du Toa. Il pouvait voir les morceaux de Vahki et les pièces de véhicule commencer à ramollir et, pire encore, il pouvait sentir sa propre armure en faire autant.

J'utilise le feu, mais cette créature est *le feu*, pensa-t-il. *Un super jet en viendrait peut-être à bout, mais cela entraînerait la destruction des tunnels autour… et des autres Toa qui s'y trouvent.*

Vakama se creusa les méninges. Il devait bien exister une façon de vaincre cette chose. Il se surprit à souhaiter la présence de Nuju à ses côtés, tant pour ses connaissances tactiques que pour son pouvoir de la glace. Un peu de froid réussirait peut-être à contrecarrer…

Le Toa du feu s'arrêta net. Le froid était la réponse et il n'avait peut-être pas besoin de Nuju pour en créer. Cependant, il n'avait jamais tenté l'expérience

Le piège des Visorak

auparavant. Mais s'il ne voulait pas finir ses jours en flaque de protodermis liquide sur le sol, il valait mieux ne pas perdre de temps à calculer les risques.

Il fit appel à ses pouvoirs élémentaires, utilisant sa concentration au maximum et se forçant à ignorer sa fatigue. Par le passé, il avait déjà sauvé sa vie et celle d'Onewa en absorbant des flammes dans son corps. Il s'agissait maintenant d'absorber toute la chaleur de la pièce, ce qui était une tâche beaucoup plus dangereuse.

Petit à petit, la température de la chambre forte chuta. L'être de feu semblait troublé et s'efforçait de combattre ce froid soudain avec toujours plus de force. Vakama travaillait sans relâche, puisant sans cesse à même son pouvoir pour attirer chaque petit degré de chaleur à l'intérieur de lui. Le corps du Toa brillait comme une étoile. À travers un brouillard rougeâtre, il pouvait voir de la glace se former sur les murs et le sol. C'était maintenant au tour de la créature de feu de reculer dans une ultime tentative pour échapper au frisson fatal.

Vakama repoussa ses propres limites et les dépassa même. Ses membres lui semblaient de plomb à cause du froid intense. Le Toa craignait d'être consumé en absorbant plus de chaleur qu'il ne l'avait jamais fait. La créature de feu trébucha en reculant et s'affaissa au sol. Du givre se mit à se former au bout de ses flammes et, bientôt, la créature fut recouverte d'une épaisse couche de glace.

Le Toa du feu sut alors qu'il avait gagné, mais il n'avait aucune raison de célébrer quoi que ce soit. Il était gelé en un bloc quasi solide et terriblement près de mourir. S'il perdait conscience, il laisserait le champ libre au pouvoir accumulé en lui. Celui-ci ne tarderait pas à exploser et à l'entraîner dans la mort, et qui sait combien d'autres avec lui.

Il s'obligea à bouger, faisant ainsi craquer l'enveloppe de glace qui recouvrait son corps. Il leva les bras, même si cela lui était aussi douloureux que d'essayer de soulever la cité de Metru Nui tout entière. Puis il relâcha son pouvoir, ce qui pulvérisa en atomes le mur du fond, ainsi que les kilomètres de tunnels qui s'étendaient derrière.

Juste avant qu'une grande noirceur s'abatte sur son esprit, le Toa du feu comprit qu'il venait de combattre et de vaincre un autre « lui », une version plus sombre et plus mystérieuse de lui-même.

Mais je ne crois vraiment pas que je pourrai refaire ça un jour.

* * *

Le piège des Visorak

Quand les autres Toa le trouvèrent enfin, il gisait toujours parmi les décombres, inconscient. La créature de feu avait disparu. Nokama le ranima au moyen d'un peu d'eau fraîche pendant que les autres récupéraient les morceaux de véhicule. Il faudrait un peu de travail pour réparer les pièces et remonter le véhicule, mais cela semblait quand même la meilleure chose à faire.

Il ne restait plus qu'un seul problème à régler.

— Ça ne flottera-voguera pas, remarqua Matau. L'autre véhicule était resté à flot environ une minute avant que nous fixions les sphères dessous. Cette fois, nous n'avons pas de sphères de Matoran.

— Non, mais nous avons peut-être quelque chose pour les remplacer, dit Onewa. Suis-moi et apporte tes lames aéro-tranchantes.

Une heure plus tard, les deux Toa revinrent, les bras chargés de bouts de bois noircis. Ils n'eurent pas besoin d'expliquer où ils les avaient trouvés. Les Toa avaient assisté tout récemment à la mort de la Karzahni, une créature végétale avide de pouvoir créée par Makuta. Onewa avait décidé de faire bon usage de son tronc et de ses branches.

Si l'idée d'utiliser la Karzahni pour le voyage du retour embêtait les Toa, aucun ne dit mot. Vakama souda ensemble les parties du véhicule, pendant qu'Onewa, Matau et Whenua assemblaient les bouts de bois en un radeau rudimentaire. Quand le véhicule fut remonté, ils fixèrent le radeau dessous et le mirent à l'eau. Ce n'était pas le meilleur vaisseau à avoir pris la mer, mais il ne coulait pas non plus.

Aucun des Toa ne remarqua la petite pousse verte sortant d'un des bouts de bois quand ils montèrent à bord de leur nouveau bateau baptisé le *Lhikan II*. Une erreur qu'ils allaient regretter amèrement plus tard.

Matau s'assit aux commandes. Il s'apprêtait à mettre en marche les pattes insectoïdes du véhicule quand il croisa le regard désapprobateur de Nuju.

— Quoi?

— Je pense que je ferais mieux de conduire, dit Nuju.

— Toi? s'esclaffa le Toa de l'air. Un rat de bibliothèque de Ko-Metru qui conduit-pilote un engin comme celui-ci? Pourquoi donc?

— Parce que je me souviens de ce qui est arrivé la dernière fois que tu as conduit.

— Ouais, on a seulement trouvé une superbe île-demeure, Nuju. Rien d'important ou de vraiment remarquable, répliqua Matau avec ironie.

Le Toa de la glace secoua la tête.

Le piège des Visorak

— Comment fais-tu pour te souvenir uniquement des bons coups, et jamais des mauvais?

Matau fit un large sourire.

— L'entraînement, mon frère. Le secret, c'est l'entraînement.

Onewa s'accroupit à l'avant du vaisseau, les yeux fixés sur la silhouette de Metru Nui. Il s'attendait à ce que la cité soit plongée dans l'obscurité, et c'était bien le cas. Il ne fut même pas surpris de constater qu'un seul soleil brillait dans le ciel. Makuta avait fait appel à des forces puissantes et terribles quand ils l'avaient combattu à Metru Nui. Personne ne connaissait vraiment l'ampleur des dégâts causés à la cité des légendes durant cet affrontement.

Toutefois, quelque chose l'agaçait quand il regardait la cité. Il n'avait peut-être pas passé sa vie dans les tours de cristal comme Nuju, ni parcouru les toboggans comme Matau, mais il connaissait bien Metru Nui. Il connaissait son rythme, son ambiance, un peu comme on connaît un vieil ami fidèle. Même privée de ses habitants, Metru Nui restait Metru Nui.

Et pourtant…

— Que vois-tu? demanda Whenua.

— De la brume, partout, enveloppant la cité… ne la

vois-tu pas?

— Tu sais bien que mes yeux ne sont pas très efficaces à la lumière, répondit le Toa de la terre. C'est probablement pour ça que je ne vois pas ce que tu vois.

— Ou peut-être que tu ne veux pas le voir, lâcha Onewa.

Puis il poursuivit sur un ton plus gentil :

— Tu ne voulais vraiment pas partir, n'est-ce pas?

— Bien sûr que non. C'était notre chez-nous. Même délabré et meurtri, c'était encore le seul lieu que nous ayons connu. Nous aurions pu rester et tout reconstruire. Nous pouvons encore le faire.

Onewa ne répondit pas. Il avait eu les mêmes pensées à plusieurs reprises ces derniers jours. C'étaient les visions de Vakama qui leur avaient dicté de fuir vers une autre terre, au-delà de la Grande barrière, vers un lieu où les Matoran pourraient vivre en paix. Et si le Toa du feu s'était trompé?

Il chassa cette idée de son esprit. C'était vrai; dès le début, il avait douté des visions de Vakama, mais chaque fois, les circonstances lui avaient prouvé qu'il avait eu tort. Maintenant, il était trop tard pour se mettre à regretter une décision qu'ils avaient prise d'un commun accord. Plus encore, c'était tout

Le piège des Visorak

simplement trop douloureux de se dire qu'ils avaient peut-être abandonné Metru Nui pour rien.

Un mouvement dans la cité attira son regard. Tous les Matoran étant prisonniers d'un sommeil éternel, rien ne pouvait traverser les toits.

Makuta serait-il déjà en liberté? Nous dirigeons-nous tout droit vers un piège?

— Nuju! appela-t-il. J'ai besoin de ta vision.

Le Toa de la glace vint se placer près de lui. Onewa montra du doigt l'extrémité sud de la cité. Nuju braqua la lentille télescopique de son masque sur ce point. Il regarda droit devant lui sans parler pendant une longue minute, jusqu'à ce qu'Onewa perde patience.

— Qu'y a-t-il? Que vois-tu?

— Quelque chose s'apprête à célébrer notre retour au bercail, répondit calmement Nuju. Nous devrions nous assurer de ne pas arriver à la fête les mains vides.

Whenua regardait avec étonnement Nokama et Nuju exécuter des manœuvres de combat complexes sur le pont. Utilisant à la fois leurs outils et leurs pouvoirs élémentaires, ils se livraient de faux combats avec la même intensité que s'ils affrontaient un Vahki. Nokama projetait des jets d'eau et Nuju les pétrifiait en glace; Nuju tentait de faire tomber Nokama avec ses pointes de cristal, mais il était lui-même terrassé par les lames hydro de la Toa.

— Tout cela est-il vraiment nécessaire? demanda le Toa de la terre. Y a-t-il quelque chose à Metru Nui que nous ne pouvons pas maîtriser?

— On n'est jamais trop bien préparé, répondit Nuju en évitant de justesse le tir d'un outil de Nokama.

— Nuju a vu des Rahkshi sur les toits, beaucoup de Rahkshi, dit Nokama en parant les coups du Toa de la glace. S'ils ont émergé des tunnels, ça veut dire que les Vahki ont été soit anéantis, soit trop occupés pour les

Le piège des Visorak

chasser. Dans les deux cas, ça veut dire que la situation pourrait être pire qu'on le pensait.

— J'aurais aimé voir mieux, poursuivit Nuju, mais la brume rendait cela difficile. Et puis, il y a autre chose… quelque chose que je ne comprends pas. C'était partout, obscurcissant les immeubles et les tours de la cité. Je crains le pire pour Metru Nui.

En entendant la nouvelle, Vakama ordonna à Matau d'augmenter la vitesse. Le Toa de l'air n'était pas du genre à refuser une occasion de lancer un véhicule à sa pleine puissance, mais la mer agitée commençait à l'inquiéter sérieusement.

— Le ciel est gris-sombre, dit-il. Il y a beaucoup d'éclairs aussi. Vraiment pas idéal comme temps, pour entreprendre la traversée.

— Nous continuons, trancha Vakama.

— Il y a aussi ce que Nuju a vu, ajouta Onewa. Nous devrions peut-être envoyer l'un de nous en éclaireur, ou même deux. Je me porte volontaire. Histoire de savoir vers quoi on se dirige.

Vakama secoua la tête.

— Nous ne pouvons pas nous permettre de retard. Je ne veux pas que les Matoran restent coincés plus longtemps que nécessaire dans ces sphères de sommeil où on les a enfermés.

— Si on finit sur la berge en nourriture à Rahi, ils risquent de dormir pour un bon bout de temps, marmonna Matau. Les véhicules Vahki sont conçus pour les mers calmes, pas pour les tempêtes-secousses.

Une vague balaya le pont du véhicule. Vakama et Onewa s'agrippèrent au garde-fou pour éviter d'être emportés par-dessus bord. La réponse de la mer ne fit pas plus d'effet au Toa du feu que la réponse de Matau.

— L'attente fait augmenter le risque que les Rahkshi ou quoi que ce soit d'autre pénètrent dans le Colisée et maltraitent les Matoran, dit-il d'un ton ferme. Nous continuons donc. S'il vous faut des mers d'huile et de la sécurité pour naviguer, il ne fallait pas devenir des Toa.

Matau regarda le Toa du feu s'éloigner et se dit en lui-même : *L'un d'entre nous n'aurait jamais dû le devenir, en tout cas.*

Les Ga-Matoran de Metru Nui avaient un faible pour les courses de bateaux. Quand ils avaient du temps libre, ils se rassemblaient souvent autour des canaux, munis de répliques miniatures des vaisseaux de Ga-Metru, pour se mesurer les uns aux autres et voir

Le piège des Visorak

lequel avait le bateau le plus rapide. Les plus audacieux attendaient ces moments précis où les canaux étaient ouverts sur la mer, ce qui permettait à de grosses vagues de protodermis liquide de s'y engouffrer. Durant ces courses, plus d'un petit bateau avait été englouti par le courant et réduit en miettes.

Nokama commençait à avoir une bonne idée de ce qu'avaient dû traverser ces vaisseaux. Deux tempêtes s'étaient abattues en même temps sur le *Lhikan II*, le projetant avec violence d'un côté, puis de l'autre. Des vagues géantes menaçaient de submerger ou même de couler le bateau. Vakama avait ordonné à Nuju, Whenua et Onewa de descendre dans la cale pour éviter qu'ils ne soient envoyés par-dessus bord. Lui-même resta près du poste de pilotage, montant la garde pendant que Matau se démenait pour maintenir le cap sur Metru Nui. Nokama, pour sa part, faisait appel à ses pouvoirs élémentaires pour essayer de calmer la mer démontée.

— C'est inutile! cria-t-elle. La tempête est trop déchaînée pour que je parvienne à la contrôler. Nous devons faire demi-tour!

— On ne peut aller nulle part à présent! lança Matau. Le mauvais temps s'étend maintenant jusqu'à la Grande barrière. Devant comme derrière, c'est du pareil au même.

— Si nous ne pouvons pas la devancer, nous n'avons qu'à plonger dedans, dit Vakama. Maintiens le cap.

— J'ignorais que les Ta-Matoran étaient de si bons marins, railla le Toa de l'air. Qu'est-ce que tu penses que j'essaie de faire?

La mer mit fin à la discussion. Une houle gigantesque souleva le vaisseau. Au point culminant de la vague, un éclair vint s'abattre sur la proue, arrachant un gros morceau de la coque. Puis la vague projeta le navire vers l'avant, l'envoyant plonger à toute vitesse vers la rive de Metru Nui.

— Accrochez-vous! hurla Vakama.

Pareil à l'un de ces bateaux miniatures de Ga-Metru, le *Lhikan II* heurta les flots de plein fouet et se désintégra sous la force de l'impact. La marée dispersa les pièces abîmées du véhicule et les bouts de la Karzahni, mais nulle part on ne voyait trace des Toa.

Un petit lézard Rahi se faufila parmi les débris encombrant les berges de Le-Metru. Il arrivait de temps à autre que de petits poissons se fraient un chemin jusqu'aux abords de la cité et se trouvent pris dans les rochers, devenant dès lors des proies faciles.

Le piège des Visorak

Comme les animaux de plus grande taille restaient éloignés de la mer, particulièrement lors d'une tempête, l'endroit représentait un lieu sécuritaire pour trouver à manger.

Quelque chose remua dans les débris. Le reptile s'immobilisa, les yeux grands ouverts, pour voir s'il s'agissait d'un repas ou d'un quelconque prédateur marin laissé sur le rivage par la mer déchaînée. Quand la tête d'Onewa surgit de la boue, le Rahi bondit de peur et déguerpit.

— Pas très amusant, ce petit voyage, déclara le Toa de la pierre.

Une deuxième tête émergea, couverte de boue et d'algues qui lui donnaient l'air d'une créature que même un archiviste n'aurait pu trouver belle. Onewa laissa échapper un cri de surprise et se démena pour dégager ses proto-pitons de la boue. La créature leva un bras encroûté de boue et gratta la saleté de son visage, révélant le masque familier du Toa de la glace.

— On dirait bien qu'il y a eu un problème avec notre véhicule, dit-il calmement. Un problème de « pilotage ».

La tête et les épaules de Matau surgirent brusquement d'un tas de décombres séparant les deux autres Toa. Il foudroya Nuju du regard.

— Hé! je me contentais d'exécuter les ordres-commandements de Vakama!

— Pas besoin de te montrer critique, Matau.

Les trois Toa se retournèrent et virent Nokama sortir de la mer.

— Même si cette traversée manquait un peu d'élégance, poursuivit-elle, nous l'avons faite.

— Ouais, bon… peu importe, grommela Matau.

Il tenta de hausser les épaules, mais les pierres et la boue dont il était entouré l'en empêchèrent.

— Quelqu'un pourrait-il me sortir de ce bourbier?

Whenua s'approcha et utilisa ses marteaux-piqueurs pour retirer une partie des débris. Puis il se pencha, saisit la main de Matau et dégagea le Toa de l'air.

— Merci, dit Matau.

— C'est mon travail, répondit Whenua. Je suis content de voir que nous sommes tous sains et saufs. Hé! mais où est…?

— Allons-nous passer la nuit ici? cria Vakama en débouchant des rues sombres de la cité. Ou allons-nous plutôt sauver les Matoran?

Le petit reptile Rahi s'enfuit à toutes pattes. Il avait vu plusieurs choses bizarres depuis que l'obscurité

Le piège des Visorak

s'était abattue sur la cité, mais de grands êtres surgissant de la boue, c'était nouveau et très déplaisant. La pauvre créature était tellement prise de panique qu'elle ne songea pas un instant à la direction qu'elle avait empruntée. Il était déjà trop tard lorsqu'elle réalisa son erreur.

Le reptile contourna à toute vitesse un tas de décombres où apparaissaient des morceaux d'un mur effondré et entra tête première dans une toile fine, mais très résistante. En se débattant pour s'en extirper, il ne réussit qu'à s'y prendre davantage et dut se résoudre à rester suspendu en attendant, impuissant, l'arrivée de son prédateur.

L'artisan de la toile apparut au bout d'un moment. La créature noire en forme d'araignée regarda sa proie avec dédain. Elle avait espéré attraper un de ces gros Rahi qui erraient librement dans la cité. À la place, il y avait cette minuscule petite chose jacassante qui méritait à peine qu'on gaspille un cocon pour elle.

Le reptile était terrifié. Il connaissait bien cette créature pour avoir vu tant de ses semblables dans tout Le-Metru. Les Rahi de grande taille s'enfuyaient, apeurés, à la vue des araignées, mais ils n'allaient jamais bien loin. La plupart d'entre eux finissaient piégés dans la toile, ni tout à fait morts ni tout à fait vivants.

BIONICLE®

Réfléchissant à la vitesse de l'éclair, la petite bête décida que, si elle se donnait la peine d'expliquer à l'araignée la raison de son intrusion, peut-être celle-ci la laisserait-elle partir. Le reptile parla rapidement, expliquant qu'il était simplement à la recherche d'un repas quand ces grands individus à deux faces s'étaient lancés à sa poursuite.

L'araignée hésita. Les individus décrits ressemblaient étrangement à ceux dont Roodaka avait demandé de guetter la venue éventuelle. Peut-être ce Rahi pourrait-il lui être utile, au-delà de l'usage habituel? Peut-être même que Roodaka récompenserait le messager porteur d'une telle nouvelle?

À l'aide de ses mandibules, l'araignée Visorak arracha le reptile gémissant de la toile et prit le long chemin menant au Colisée.

Perdue dans ses pensées, Roodaka tapotait l'accoudoir de son trône avec ses pinces.

À vrai dire, ce n'était pas son trône. C'était celui de Sidorak, le maître des hordes de Visorak. Mais il n'était pas là en ce moment, occupé à superviser une autre chasse, ce qui faisait bien l'affaire de Roodaka. Sidorak était un chef talentueux et il avait eu son utilité, mais sa compagnie pouvait être pour le moins lassante.

Le piège des Visorak

Roodaka avait besoin de temps pour réfléchir.

Sa tranquillité fut perturbée par l'arrivée d'une Visorak du nom d'Oohnorak qui transportait un petit Rahi entre ses mâchoires. Cette interruption irrita Roodaka, ce qui n'était pas bon signe pour sa visiteuse. Une Visorak qui embêtait Roodaka avait très peu de chance de vivre assez longtemps pour assister à une autre chasse.

— C'est trop petit pour être une offrande, dit-elle en regardant le Rahi qui se débattait, et trop maigre pour faire un repas. Je présume donc que cette pauvre créature malodorante sert à autre chose? À quelque chose *d'extrêmement important?*

Oohnorak resserra un peu son étreinte sur le Rahi. Sa proie réagit en déballant toute l'histoire une fois de plus. Roodaka l'écouta, blasée au début, puis de plus en plus intéressée quand elle comprit qui la petite créature avait rencontré.

— Ainsi, les Toa sont de retour, comme je l'avais prédit, murmura-t-elle. Ils ont vaincu Makuta, mais ils sont partis sans leur prix : ces pauvres petits Matoran. Personne ne renonce à sa part du gâteau, pas même les héros. C'était seulement une question de temps.

Elle fit un geste en direction du Rahi.

— Relâche cette malheureuse bête.

Oohnorak leva les yeux vers elle. Quelque chose dans l'attitude de la Visorak fit comprendre à Roodaka qu'elle songeait à contester son ordre. Puis, réalisant qu'elle était sur le point de commettre une erreur fatale, la Visorak ouvrit ses mâchoires et laissa le reptile s'enfuir.

— Laisse-le profiter de la vie encore quelques heures, dit Roodaka. Cette cité est la nôtre. Où peut-il aller? C'est comme pour les Toa…

Elle se leva, la faible lueur réfléchissant sa silhouette noire, lisse et brillante.

— Trouve-les. Tout de suite. Et quand tu les auras trouvés… tu sais quoi faire.

Roodaka se permit un sourire en regardant la Visorak partir pour suivre ses ordres. Le destin venait de lui mettre entre les pattes la seule chose dont elle avait besoin pour mettre son plan à exécution. Maintenant, il ne restait plus qu'à attendre.

Les Toa Metru avançaient dans un Le-Metru qui avait beaucoup souffert du tremblement de terre. Ils progressaient lentement. La plupart des pierres de lumière de la cité étaient éteintes et celles qui fonctionnaient toujours ne diffusaient qu'une lueur pâle. Les rues étaient jonchées de débris, et des plantes

Le piège des Visorak

étranges avaient recouvert des pâtés de maison entiers. Tout cela, combiné à l'absence totale de Matoran, donnait l'impression d'une cité fantôme. Mais le pire, c'était encore les toiles : un mélange de fils fins et épais, aussi solides que le métal, et qui entravaient tout mouvement vers l'avant.

Whenua était à la tête du groupe, utilisant son Masque de la vision nocturne pour tester et éclairer la voie en compagnie de Matau. Vakama et Nokama suivaient juste derrière, flanqués d'Onewa et de Nuju.

— Où étais-tu ? Je veux dire, après l'écrasement, demanda Nokama.

— J'explorais, répondit le Toa du feu. Je voulais m'assurer qu'il n'y avait aucun danger immédiat.

— Tu aurais dû secourir tes frères d'abord. Ils auraient pu être blessés. Ça m'étonne que tu n'aies pas pensé à ça.

Vakama hésita un instant avant de répliquer :

— J'y ai pensé. Mais si j'avais décidé de leur venir en aide alors que quelque chose rôdait autour, nous aurions pu être pris par surprise, sans défense. J'ai préféré explorer d'abord et vous chercher ensuite.

Nokama ne dit rien. Ils marchèrent un bout de temps dans un silence embarrassé, puis la Toa se tourna vers Vakama.

BIONICLE®

— Tu n'as pas à te sentir mal à l'aise, tu sais.

— À propos de quoi?

— Du naufrage. Même si nous avions fait demi-tour plus tôt, nous aurions quand même pu être engloutis par la tempête. Ce n'était pas ta faute.

Vakama lui lança un coup d'œil rapide, comme surpris qu'elle mentionne ce fait.

— Je ne me sens pas mal à l'aise. Nous devions rentrer à Metru Nui. Je n'allais tout de même pas laisser un peu de pluie nous ralentir.

Un peu de pluie? Nokama hocha la tête. Elle avait vu Vakama furieux, terrifié, confiant, hésitant et dans bien d'autres états encore, mais cette nouvelle attitude la dépassait. Elle ne savait pas si elle devait être agacée ou inquiète de la témérité de Vakama.

Comme s'il sentait que Nokama n'approuvait pas ses décisions, le Toa du feu s'arrêta et la regarda dans les yeux.

— Écoute. Toa Lhikan a été capturé par les Chasseurs de l'Ombre parce que je n'ai pas réussi à l'aider. Il m'a confié la mission de sauver le cœur de la cité, les Matoran, et j'ai échoué. Il est mort d'une décharge qui m'était destinée parce que je n'ai pas été assez bon pour arrêter Makuta à temps.

Les yeux de Vakama étincelèrent.

Le piège des Visorak

— Je n'échouerai pas une nouvelle fois. Je vais sauver les Matoran. Avec vous… ou sans vous.

— Ce n'est pas Le-Metru, répéta Matau pour la cinquième fois. C'est un mauvais rêve-cauchemar.

— Désolé, dit Whenua, mais c'est la réalité. Je suis sûr que le reste de la cité est en aussi mauvais état.

— Ça ne peut pas être pire qu'ici, répliqua Matau. Tant de toboggans brisés, de rues sens dessus dessous… Et puis cette verdure-végétation partout, les bâtiments effondrés… Si c'est ce qui arrive lorsqu'on *gagne* un combat, j'espère qu'on n'en perdra jamais un.

— Nous pourrions réparer tout ça, murmura Whenua, mais Vakama dit que nous devons partir et recommencer à zéro sur l'île.

— Je ne suis pas très joyeux-ravi à l'idée d'essayer de tout reconstruire ici, dit Matau, mais je ne le suis pas plus à l'idée d'essayer de conduire des chars Ussal dans les marécages de notre nouveau chez-nous.

— Que penses-tu de ses visions?

Matau haussa les épaules.

— Jusqu'ici, elles ont été justes, commença-t-il avant de faire une pause. Du moins, assez justes pour dire que nous devrions suivre ses conseils, même s'il a inventé les visions de toutes pièces.

BIONICLE®

Whenua regarda Matau. Le Toa de l'air venait-il de prétendre que Vakama avait menti pour leur imposer le voyage vers l'île? Pourquoi cela? Qu'est-ce que Vakama pouvait bien espérer gagner en les guidant vers cette étrange nouvelle terre d'accueil?

L'ennui avec les questions, songea-t-il, *c'est qu'il est impossible de se les ôter de l'esprit une fois qu'on les a posées. Et quand on ne peut pas les oublier, on doit leur trouver des réponses, même si parfois, on préférerait rester dans l'ignorance.*

Il fut presque reconnaissant d'entendre un bruit qui venait le tirer de ses pensées. Cela provenait d'un peu plus loin sur la droite, là où la végétation qui étranglait la rue était la plus dense. Quelque chose se tenait tapi là-dedans, un Rahi fort probablement. En silence, Whenua fit signe à Matau de contourner par la droite et de voir s'il pouvait forcer la créature à sortir. Une fois qu'il aurait celle-ci bien en vue, le Toa de la terre pourrait l'aveugler avec son Masque de la vision nocturne jusqu'à ce qu'elle soit maîtrisée.

Matau avait fait environ quatre pas dans les grandes herbes quand il réalisa qu'il était pris dans une toile. Contrairement aux autres toiles qui étaient vieilles et délabrées, celle-ci était très récente et collait systématiquement à son armure. Il commença à la

Le piège des Visorak

— Je n'échouerai pas une nouvelle fois. Je vais sauver les Matoran. Avec vous... ou sans vous.

— Ce n'est pas Le-Metru, répéta Matau pour la cinquième fois. C'est un mauvais rêve-cauchemar.

— Désolé, dit Whenua, mais c'est la réalité. Je suis sûr que le reste de la cité est en aussi mauvais état.

— Ça ne peut pas être pire qu'ici, répliqua Matau. Tant de toboggans brisés, de rues sens dessus dessous... Et puis cette verdure-végétation partout, les bâtiments effondrés... Si c'est ce qui arrive lorsqu'on *gagne* un combat, j'espère qu'on n'en perdra jamais un.

— Nous pourrions réparer tout ça, murmura Whenua, mais Vakama dit que nous devons partir et recommencer à zéro sur l'île.

— Je ne suis pas très joyeux-ravi à l'idée d'essayer de tout reconstruire ici, dit Matau, mais je ne le suis pas plus à l'idée d'essayer de conduire des chars Ussal dans les marécages de notre nouveau chez-nous.

— Que penses-tu de ses visions?

Matau haussa les épaules.

— Jusqu'ici, elles ont été justes, commença-t-il avant de faire une pause. Du moins, assez justes pour dire que nous devrions suivre ses conseils, même s'il a inventé les visions de toutes pièces.

BIONICLE®

Whenua regarda Matau. Le Toa de l'air venait-il de prétendre que Vakama avait menti pour leur imposer le voyage vers l'île? Pourquoi cela? Qu'est-ce que Vakama pouvait bien espérer gagner en les guidant vers cette étrange nouvelle terre d'accueil?

L'ennui avec les questions, songea-t-il, *c'est qu'il est impossible de se les ôter de l'esprit une fois qu'on les a posées. Et quand on ne peut pas les oublier, on doit leur trouver des réponses, même si parfois, on préférerait rester dans l'ignorance.*

Il fut presque reconnaissant d'entendre un bruit qui venait le tirer de ses pensées. Cela provenait d'un peu plus loin sur la droite, là où la végétation qui étranglait la rue était la plus dense. Quelque chose se tenait tapi là-dedans, un Rahi fort probablement. En silence, Whenua fit signe à Matau de contourner par la droite et de voir s'il pouvait forcer la créature à sortir. Une fois qu'il aurait celle-ci bien en vue, le Toa de la terre pourrait l'aveugler avec son Masque de la vision nocturne jusqu'à ce qu'elle soit maîtrisée.

Matau avait fait environ quatre pas dans les grandes herbes quand il réalisa qu'il était pris dans une toile. Contrairement aux autres toiles qui étaient vieilles et délabrées, celle-ci était très récente et collait systématiquement à son armure. Il commença à la

Le piège des Visorak

trancher à l'aide de ses lames aéro-tranchantes, mais il réalisa bientôt que cette activité ne ferait qu'attirer l'attention du Rahi qui se cachait tout près.

Il avait à moitié raison. Ses mouvements attirèrent bel et bien l'attention, mais pas celle du Rahi. À sa place, trois Vahki Rorzakh surgirent du fouillis d'herbes et de tiges. Leurs yeux émirent une lueur rouge en apercevant Matau, prisonnier impuissant de la toile.

D'un seul mouvement, les Vahki passèrent de la position à quatre pattes à celle debout. D'un seul mouvement, ils braquèrent leurs bâtons sur Matau. Puis, plus déroutant encore, d'un seul mouvement… ils parlèrent!

— Rends-toi, étranger… ou meurs.

3

Matau rassembla ses forces et se prépara à réagir. Il n'avait pas à craindre de blessure physique, car les bâtons Vahki n'affectaient que l'esprit. L'ennui, c'était de réussir à esquiver les coups alors qu'il était prisonnier de la toile.

— Rends-toi, étranger, répétèrent les Vahki.

Leurs voix étaient rauques, mécaniques et brouillées de statique. Mais le plus ahurissant restait encore le fait qu'ils *avaient* une voix. Les Vahki avaient toujours communiqué au moyen d'ultrasons, jamais dans un langage compréhensible.

Matau entendit le son des marteaux-piqueurs de Whenua. Les Vahki l'entendirent aussi et deux d'entre eux rompirent leur position de tir pour aller voir ce qui se passait.

— Attention, Whenua! Des Vahki! cria le Toa de l'air.

Le Vahki restant envoya une décharge de son bâton en direction de Matau. Celui-ci réussit tout juste à ôter

Le piège des Visorak

sa tête de la trajectoire. La foudre frappa la toile et en brûla aussitôt une bonne partie.

Sous son masque, les yeux de Matau s'agrandirent. Les bâtons Vahki ne pouvaient pas faire cela! Ils avaient été spécifiquement conçus pour ne causer ni blessures ni dommages aux Matoran. Quelque chose ne tournait pas rond par ici!

Une autre décharge résonna à sa gauche. Il entendit Whenua pousser un grognement et s'effondrer. Les autres Toa seraient sans doute là d'un moment à l'autre, mais rien ne garantissait qu'ils soient là à temps. La décharge du Vahki avait un peu affaibli la toile, pas beaucoup, mais il allait falloir s'en contenter.

Matau se lança vers l'avant comme s'il allait exécuter un saut périlleux. Il réussit à dégager une partie de son dos de la toile en coupant celle-ci avec ses lames aéro-tranchantes. Il fut frappé d'une double décharge avant de réussir à se libérer, ce qui le catapulta vers un trou de la toile dans lequel il tomba. Il était libre, mais presque inconscient.

Whenua livrait aussi bataille de son côté. Les Vahki l'avaient pris par surprise, mais la force d'impact de leurs bâtons l'avait frappé encore davantage. À présent, ils se dressaient au-dessus de lui, le sommant de choisir entre la capitulation ou une fin soudaine.

BIONICLE®

Whenua choisit une troisième option. Faisant appel à son pouvoir élémentaire, le Toa fit surgir du sol, à toute vitesse, deux piliers de terre qui entraînèrent les Vahki haut dans les airs. Puis il se redressa et abattit les piliers à l'aide de ses marteaux-piqueurs, envoyant les agents robotisés s'écraser au sol. Il savait que les Vahki se mettraient en position de vol dès qu'ils seraient remis de leur choc, mais il se dit que cela lui donnait le temps d'aller à la rencontre des autres Toa.

Il était à mi-chemin du parcours quand il entendit deux écrasements derrière lui. Il se retourna et vit les Vahki détraqués qui crachaient des étincelles. Il se demanda pourquoi ils n'avaient pas songé à voler.

Les deux Vahki gisaient, silencieux, leurs corps robotisés ayant été mutilés dans la chute. C'est alors qu'avec une incroyable lenteur, leurs parties mécaniques commencèrent à se tordre et à se plier, retrouvant leur forme d'origine. Des membres qui avaient été endommagés au point d'être irréparables étaient de nouveau droits et complets. Des carcasses qui avaient volé en éclats étaient de nouveau entières et solides.

La lumière revint dans les yeux des Vahki. Ils se levèrent et avancèrent en utilisant leurs bâtons comme pattes de devant, à l'affût du moindre bruit trahissant la

Le piège des Visorak

présence des étrangers. Entendant quelque chose qui leur semblait anormal, ils suivirent en silence le chemin parcouru par Whenua.

Leur programmation était d'une simplicité enfantine. Comme cela avait toujours été le cas, leur devoir premier était de maintenir l'ordre dans la cité de Metru Nui. Malheureusement, les créatures vivantes dérangeaient constamment l'ordre naturel des choses. Or, le récent cataclysme n'avait pas seulement endommagé gravement la cité, il avait aussi ouvert les yeux des Vahki sur une réalité toute simple qui avait modifié leur mission à jamais.

Après tout, il n'y aurait plus de désordre dans Metru Nui... s'il n'y avait plus aucune créature vivante.

4

Deux Visorak étaient accrochées dans une toile surplombant de très haut le quartier de Le-Metru. Aucune autre créature n'aurait été capable de voir quoi que ce soit en contrebas à cause de la végétation dense et de l'épaisse brume qui s'étendaient à perte de vue. Mais avec leurs yeux perçants, les Visorak voyaient tout ce qui se passait dans les rues en ruine de Metru Nui.

Le Toa de la terre et le Toa de l'air avaient uni leurs forces et allaient bientôt rejoindre les autres. Pour le mieux, car la chasse serait plus rapide s'ils étaient tous réunis. Les Visorak s'apprêtèrent à envoyer un signal par la toile pour avertir les autres de leur race quand elles remarquèrent d'autres mouvements dans les rues. Des Vahki. Environ une douzaine d'entre eux qui approchaient du lieu où se trouvaient les Toa.

Voilà qui était ennuyeux. Roodaka avait demandé qu'on lui apporte ces Toa, morts ou vifs, mais les Vahki ne laisseraient aucune trace d'eux à présenter à la

Le piège des Visorak

reine, même pas des restes. Si cela se produisait, il ne faisait aucun doute que la colère de Roodaka serait terrible.

Une des Visorak se mit à faire vibrer la toile, envoyant ainsi un message qui serait perçu par ses consœurs de tout le quartier. Toutes avaient reçu l'ordre de surveiller les Toa et les Vahki, et de passer à l'action en cas de besoin. Comme les héros de Metru Nui seraient étonnés de découvrir l'identité de celles qui leur avaient sauvé la vie…

Plus tard, bien sûr, une fois qu'ils auraient rencontré les Hordika, les Toa souhaiteraient probablement être morts. Qui sait, peut-être Roodaka, se sentant l'âme généreuse, accéderait-elle alors à leur demande?

— Des Vahki qui parlent? demanda Nuju, sa voix trahissant un doute. Et des décharges de feu destructrices? Je pense que tu es fatigué, Matau.

— Je les ai vus, moi aussi, dit Whenua. Ils s'apprêtaient à me tuer.

— Mais ils ne l'ont pas fait, interrompit Vakama, et nous n'avons pas le temps de nous soucier des Vahki. Nous avons des Matoran à sauver. Nous nous occuperons des Vahki si jamais ils se mettent en travers de notre route, et pas avant.

— Comment ça, *si jamais* ils se mettent en travers de notre route? répliqua Matau, cinglant. Ils n'étaient pas en train de nous organiser une petite fête pour souligner notre retour!

— Du calme, Matau, intervint Onewa. Est-ce que l'un d'entre vous a remarqué quelque chose de particulier à propos des Vahki? De quoi ont-ils l'air?

Matau hocha la tête aussitôt. Whenua réfléchit longuement et dit :

— Oui, il y avait bien quelque chose. Je l'ai à peine remarqué sur le coup, mais… il y avait des traces sur leur enveloppe crânienne. Des traces de brûlures.

Onewa se tourna vers le Toa de l'air.

— Où se trouve la caserne principale des brigades de Le-Metru?

— Près du Moto-centre. Pourquoi?

— Allons-y, dit le Toa de la pierre. Je pense que je comprends ce qui se passe ici. Si j'ai bien deviné, Vakama, évacuer les Matoran de Metru Nui sera encore plus difficile que prévu.

Matau évitait de regarder le Moto-centre pendant que lui et les autres Toa s'en approchaient. Quand il

Le piège des Visorak

était Matoran, il y avait passé presque tous ses temps libres à observer les monteurs travailler ou tester de nouveaux véhicules en cours de fabrication. À présent, une partie du dôme s'était affaissée, et des tiges et des plantes grimpantes recouvraient les murs extérieurs. Les alentours étaient jonchés de décombres et de pièces de véhicules. Pour la première fois, Matau se dit qu'après tout, les Matoran étaient peut-être chanceux d'avoir dormi pendant tout ce temps.

— Mieux vaut ne pas y songer, dit Nokama comme si elle avait lu dans ses pensées. J'espère même que nous n'aurons pas à mettre les pieds à Ga-Metru. Je préfère ne pas voir ce qui est advenu de mon école et du Grand temple.

Matau ne répondit pas. Il avait déjà pris la décision de limiter ses vols au-dessus de la cité. Moins il verrait la nouvelle cité de Metru Nui, mieux il se porterait.

— Par ici! appela Onewa.

Matau et Nokama coururent rejoindre les autres, qui se tenaient devant les restes de la caserne des Vahki de Le-Metru. Whenua arracha la porte en métal de ses gonds pendant que les autres se préparaient à une attaque éventuelle.

Rien ne surgit de l'intérieur. Whenua utilisa son masque pour éclairer les lieux. Il y avait là un enchevêtrement de câbles reliés à des supports d'énergie. Lorsqu'ils n'étaient pas en patrouille, les Vahki se reposaient à l'intérieur de ces cadres où ils étaient rechargés par l'énergie venant de la centrale principale.

— Éclaire un peu par ici, Whenua, dit Onewa en commençant à se frayer un chemin parmi les débris. J'ai eu un premier déclic quand tu as dit que tu pouvais comprendre les paroles des Vahki.

— C'est exact, répondit Whenua. Tout le monde sait que les Vahki ne parlent pas matoran.

— Nuance : tout le monde à l'extérieur de Po-Metru *croit* ça, dit Onewa. Souviens-toi qu'un Onu-Matoran a conçu les Vahki, mais que ce sont les Po-Matoran qui les ont construits.

Le Toa de la pierre tira des débris une tête et un bras de Vahki carbonisés.

— Réduits en pièces. J'imagine que c'est arrivé à plusieurs d'entre eux. Sinon, ils auraient déjà envahi la cité à l'heure qu'il est.

Il lança la tête de robot à Whenua.

— Les Vahki ont toujours parlé matoran. Mais ils le parlaient à une fréquence si élevée et à une telle vitesse qu'aucun d'entre nous ne pouvait les comprendre. Quand tu as dit que leurs paroles étaient

Le piège des Visorak

compréhensibles, j'ai compris que quelque chose s'était passé et que cela avait affecté leurs centres de la parole, et peut-être même tout leur être.

Puis Onewa s'agenouilla, saisit l'un des cadres régénérateurs d'énergie et l'arracha du mur au prix d'un grand effort. Il le traîna hors du bâtiment et le laissa tomber aux pieds des Toa. Le cadre présentait des traces de brûlures et le métal avait fondu par endroits.

— Voilà. Quand Makuta a surchargé la centrale d'énergie, la rétroaction s'est répercutée dans toutes les casernes. Elle a causé la perte de la plupart des Vahki. Ceux qui ont survécu ont absorbé la surtension d'énergie et ont été… transformés.

Une demi-douzaine de décharges de feu sifflèrent alors aux oreilles des Toa. Les héros se dispersèrent en constatant que les décharges perçaient des ouvertures dans la caserne. Aussitôt après l'attaque, trois Nuurakh et trois Keerakh surgirent et les encerclèrent.

Vakama s'empara de son lanceur de disques, et Nuju, de ses pointes de cristal, prêts à se défendre. Matau se glissa entre eux et les força à baisser leurs armes.

— Non! murmura-t-il. Je ne veux pas que Le-Metru soit davantage massacré-détruit qu'il ne l'a déjà été.

Cachez-vous dans le Moto-centre. J'ai une idée.

Aucun des camarades de Matau n'était du genre à courir se cacher en cas de danger. Toutefois, il existait une règle très importante entre les Toa qui voulait qu'on respecte les droits de celui qui se trouvait dans son metru d'origine. Le-Metru étant celui de Matau, il était normal que ce soit son idée qui prime sur celles des autres. Les cinq autres héros se faufilèrent donc en silence dans une fente d'un mur du Moto-centre et disparurent.

Le Toa de l'air fit appel au pouvoir de son Masque de l'illusion et se transforma vite en sosie de Vahki Rorzakh. Il prit bien soin de vérifier que les traces de brûlures remarquées par Whenua étaient au bon endroit. Une fois la transformation achevée, il se jeta devant les agents des forces de l'ordre qui arrivaient.

Le chef Nuurakh le toisa des pieds à la tête.

— Caserne et subdivision, dit-il.

Matau réfléchit à toute vitesse.

— Euh… pas de temps à perdre avec le protocole. Les étrangers se sont échappés!

— Caserne et subdivision, répéta le Vahki.

— Je vais te le dire, moi, à quelle caserne et à quelle subdivision je vais me rendre tout à l'heure : à la tienne, pour déposer un rapport d'incompétence sur

Le piège des Visorak

toi, répliqua Matau. Les étrangers se dirigeaient vers Ta-Metru. Si on se dépêche, on peut encore les rattraper.

L'un des Keerakh fit un pas en avant.

— Ils étaient ici? Tu les as vus?

— Oui.

— Et tu les as laissés s'échapper?

Matau réalisa alors qu'il venait de tomber dans un piège.

— À vrai dire, euh… tu vois, ils étaient déjà…

Le Keerakh se tourna vers le Nuurakh et dit en faisant comme si Matau n'était pas là :

— Un Vahki au fonctionnement normal ne permet pas à un contrevenant de s'échapper. Celui-ci ne fonctionne donc pas correctement. Je recommande l'arrêt de son mécanisme jusqu'à temps qu'il puisse être réparé.

Le Nuurakh approuva. Les six Vahki saisirent leurs bâtons et mirent le Vahki Matau en joue, se préparant à exécuter ce nouvel ordre.

Pendant ce temps, à l'intérieur du Moto-centre, les Toa Metru marchaient avec précaution parmi les décombres. Whenua avait éteint son masque pour ne pas attirer l'attention des Vahki avec sa lumière puissante. Onewa trébucha sur un morceau de tuyau et faillit tomber.

— Crâne de Rahi! s'exclama-t-il. Je parie que, même *avant* le cataclysme, cet endroit était un sacré fouillis!

— Depuis quand les Po-Matoran se soucient-ils de la propreté? demanda Nuju.

— Depuis que je me prends les pieds dans le fouillis de quelqu'un d'autre, répliqua Onewa. Que fait Matau? Il en met du temps…

— Il a probablement pris la tête de la brigade au moment où on se parle, ricana Whenua, en train de les mener vers…

Le Toa de la terre s'interrompit au milieu de sa phrase.

Nokama se retourna pour voir ce qui se passait. Dans la pénombre, elle voyait à peine la silhouette de Whenua. Il se tenait face au mur et examinait quelque chose qu'elle n'arrivait pas à distinguer.

— Qu'y a-t-il? demanda-t-elle.

— Regarde, répondit Whenua en projetant un fin rayon de lumière sur le mur métallique.

Une autre toile pendait du plafond, mais celle-ci avait quelque chose de particulier que les Toa n'avaient jamais vu. Elle avait en son centre un cocon dont un

Le piège des Visorak

bout était déchiré.

— D'après toi, qu'est-ce qu'il contenait? demanda Vakama.

— Je l'ignore, répondit Whenua, mais peu importe ce que c'était, c'est sorti du cocon. Et je parie que la chose est encore avec nous dans cette pièce.

Matau fit de son mieux pour oublier les bâtons de feu pointés vers lui. C'était lui qui avait eu l'idée d'envoyer les Toa Metru dans le Moto-centre pendant qu'il tentait d'éloigner les Vahki. Comme son plan avait échoué, il pouvait au moins essayer de gagner du temps, afin de permettre à ses amis de s'enfuir. Il se demanda si son corps reprendrait automatiquement son apparence de Toa, si jamais il tombait inconscient ou s'il mourait. Il l'espéra, car autrement, les Vahki pourraient bien décider de démonter leur collègue « défectueux » ici même.

Les Vahki s'apprêtaient à envoyer leurs décharges d'énergie. Matau attendait, les yeux bien ouverts, refusant de céder à la tentation d'afficher la moindre peur.

Quelque chose au loin attira son regard. Il n'arrivait pas à distinguer clairement la chose, mais elle semblait tournoyer en l'air à haute altitude. Puis il la vit chuter à grande vitesse, droit sur les Vahki.

La chose tourbillonna devant les agents du maintien de l'ordre, tapant leurs bâtons l'un après l'autre au passage. À l'endroit où l'arme avait été touchée, de l'acide bouillonnait et la brisait en deux.

Qu'est-ce que c'est que ça? s'interrogea Matau en regardant la « toupie » s'éloigner du sol. *Et comment faire pour en attraper une?*

Les Vahki se retournèrent et se placèrent aussitôt en position défensive. Leurs capteurs optiques balayèrent les environs à la recherche de la chose qui avait osé s'interposer dans leurs manœuvres. Matau profita de leur distraction pour filer et disparaître dans le Moto-centre.

Tout là-haut, les Visorak regardaient les événements de leur regard froid et dur. Les Vahki allaient partir à la poursuite d'une proie plus facile, pendant que les Toa se cachaient dans le Moto-centre, croyant naïvement y être en sécurité.

L'une des créatures projeta une deuxième boule d'énergie tourbillonnante qui enflamma cette fois une poutre en surplomb sur la façade du Moto-centre. La poutre s'écrasa au sol, entraînant avec elle une tonne de briques qui vinrent bloquer l'entrée utilisée par les six héros de Metru Nui. Après cela, on envoya un

Le piège des Visorak

nouveau message par les câbles semblables à de l'acier qui enveloppaient toute la cité. Il s'agissait d'un ordre à observer à la lettre.

Alors, la fin des Toa s'ébranla et se mit en marche sur un millier de toiles, une immense ombre mouvante engloutissant tout sur son passage. Les Rahi, apeurés, s'enfuirent à cette vue, laissant Le-Metru en proie à la panique. Ceux qui ne pouvaient pas courir s'enterrèrent sous les décombres de la cité dévastée et disparurent dans l'obscurité, avec une seule pensée en tête, qui serrait leur cœur d'effroi : les Visorak s'en venaient, les voleuses de vie allaient frapper une fois de plus.

Matau entendit le vacarme de l'écrasement qui se produisait derrière lui et présuma que les Vahki exprimaient leur colère après avoir constaté sa disparition. Il arpenta rapidement les couloirs du Moto-centre à la recherche des autres Toa. Même si le bâtiment était très endommagé, il était si familier à Matau que le Toa pouvait s'y déplacer aisément, même dans le noir.

Les voix des autres Toa lui parvinrent de l'étage au-dessus. De toute évidence, ils s'étaient dirigés du côté de la piste d'essai. Matau dénicha une échelle et y grimpa.

Le bruit de ses pieds recouverts de métal frottant contre les barreaux réveilla une créature qui sommeillait dans l'ombre. Ses yeux rouges s'ouvrirent d'un coup et se posèrent aussitôt sur l'étranger qui s'était aventuré dans sa nouvelle tanière. Son corps tout en longueur se déroula, en même temps que ses ailes, qui paraissaient en cuir, se dépliaient de toute leur

Le piège des Visorak

envergure. Sans faire de bruit, la créature s'éleva dans les airs et prit Matau en chasse.

En dépit des graves dommages qu'avait subis la cité, la piste d'essai de Le-Metru était demeurée presque intacte. Lors de sa construction, on avait installé des couches et des couches de protodermis solide; celui-ci avait résisté aux plus spectaculaires écrasements auxquels Matau avait participé. Vakama avait peine à croire que les tout nouveaux pouvoirs des Vahki avaient la capacité de transpercer les murs.

Whenua avait emporté les restes du cocon avec lui et les examinaient avec attention. Cela ne ressemblait à rien qu'il ait déjà vu. Cette substance fine et délicate était d'une solidité à toute épreuve. C'était difficile d'en détacher même un seul brin. Il régla l'un de ses marteaux-piqueurs à vitesse réduite et le plongea à l'intérieur du cocon pour voir s'il était facile de percer un trou dans sa paroi tissée.

Tout à coup, le Toa de la terre lâcha un grognement de douleur et laissa échapper le cocon endommagé sur le sol. Perplexe, Whenua regarda sa main.

— Que se passe-t-il? demanda Nuju.

— Quelque chose dans ce tas de fils m'a piqué, répondit Whenua en tendant la main. Regarde.

BIONICLE®

Nuju déploya sa lentille télescopique. Oui, une petite blessure était bien visible. Le Toa de la glace ramassa le cocon et en examina l'intérieur.

— Des épines, dit-il. L'intérieur du cocon en est couvert.

Nuju y plongea la main et arracha tout doucement l'un des brins pointus formant la substance. Une goutte d'un liquide de couleur cuivre se trouvait dans l'épine.

Le Toa de la terre fronça les sourcils.

— Qu'est-ce que c'est? Une nouvelle sorte de protodermis énergisé?

Nuju observa attentivement le liquide.

— Je ne crois pas. La couleur et la consistance sont différentes. À mon avis, c'est quelque chose d'organique… une sorte de venin, peut-être.

Du venin. Le mot résonna dans l'esprit de Whenua. Un souvenir tentait de se frayer un chemin dans sa mémoire. Cela avait commencé lorsque Onewa avait prononcé le mot « Visorak » alors que son esprit était sous l'emprise d'une étrange créature rencontrée dans les tunnels reliant l'île à Metru Nui. Puis ce sentiment s'était renforcé quand les Toa avaient remis les pieds dans la cité et l'avaient trouvée couverte de toiles. Whenua sentait qu'une partie de lui comprenait le sens de tout cela, mais l'explication véritable lui

Le piège des Visorak

échappait toujours.

— D'après toi, qui a fabriqué ce cocon? demanda l'archiviste.

— Je l'ignore, répondit Nuju en allant rejoindre les autres. Je ne sais pas grand-chose, à vrai dire. Quel est l'effet de ce venin? Combien de cocons y a-t-il? À quoi servent-ils? Mais je pense que notre avenir pourrait bien dépendre des réponses que nous trouverons à ces questions.

Matau était presque rendu en haut de l'échelle. L'accès à la piste d'essai était tout près. Il était pressé de parler aux Toa de la chose tourbillonnante qu'il avait vue et qui était capable de briser les armes des Vahki. Ce genre de truc pourrait être d'une aide précieuse lorsqu'il serait temps d'évacuer les Matoran du Colisée.

Il s'arrêta à mi-course. Quelque chose se tenait en haut de l'échelle. C'était une silhouette sombre, avec deux bras et deux jambes, mais aucun trait précis. Accrochée aux montants de l'échelle, elle descendait tête première vers Matau.

Elle se déplace vite-rapidement, mais n'est pas très grosse, songea le Toa. *Au lieu de la défier-combattre, je peux peut-être me contenter de lui faire peur.*

— Dégage, dit Matau d'une voix forte. Je suis un héros Toa en mission. Très puissant et très méchant!

La silhouette sombre s'arrêta. Puis elle brandit son poing avec une lenteur calculée et frappa le mur. Un bruit explosif remplit la pièce, faisant basculer Matau dans le vide et l'envoyant s'écraser sur le sol tout en bas.

Les autres Toa Metru accoururent dans le couloir. Ils avaient oublié la théorie de Nuju à propos des cocons aussitôt qu'ils avaient entendu le choc sonore sur le bâtiment. Ils surgirent d'un tournant et tombèrent face à face avec une silhouette sombre et floue qui les attendait.

Nuju fit appel au pouvoir de son Masque de la télékinésie et envoya un morceau de mur de pierre sur la tête de la créature, en guise d'avertissement. À sa grande surprise, la silhouette s'élança dans les airs et laissa la pierre la frapper. L'impact produisit une autre explosion sonore qui, cette fois, balaya les Toa Metru et les projeta avec force contre les murs.

— C'est ce qui me plaît à Metru Nui, marmonna Onewa, il y a toujours du nouveau.

Le Toa de la pierre ordonna qu'un anneau de roc vienne cerner leur adversaire. En un quart de seconde,

Le piège des Visorak

la silhouette fut prisonnière de la pierre. Onewa s'attendait à ce qu'elle hurle ou se débatte, mais elle réagit seulement par un simple haussement d'épaules. Quand son corps entra en contact avec la pierre, la toute nouvelle prison se désintégra en fragments qui pénétrèrent d'eux-mêmes dans le sol, le plafond et les murs. Les Toa eurent tout juste le temps d'esquiver les pierres.

— Bel essai, dit Whenua.

— Pas assez beau à mon goût, répondit le Toa de la pierre. Elle est toujours debout, pas vrai? Toujours…

Onewa se tut. Whenua savait ce que cela signifiait : son ami ébauchait un plan, un plan comportant habituellement de grands risques et ayant peu de chances de succès. C'était le genre de plan qu'Onewa préférait.

— Reste ici, dit finalement le Toa de la pierre. Je reviens tout de suite. Tiens-la occupée, mais quoi que tu fasses, ne l'attaque pas.

— Et que vas-tu faire pendant que nous invitons notre amie à un match amical d'akilini? demanda Vakama.

— J'ai un plan, répondit Onewa en courant et en sautant par-dessus la créature. Mais j'ai besoin de l'aide de Matau pour le réaliser.

— Oh, je vois! dit Whenua en le regardant partir. Je commençais à m'inquiéter, mais maintenant que tu me dis que ton plan nécessite l'aide de Matau, ça change tout.

— Tu n'es plus inquiet? demanda Nokama.

— Non. Je suis terrifié.

Onewa traversa le corridor à toute vitesse. Quand il parvint à l'échelle qui menait à l'étage plus bas, il s'accroupit et scruta les ténèbres. Il regretta tout à coup de ne pas avoir pensé à troquer son masque contre celui de Whenua.

— Matau! appela-t-il.

— Onewa? répondit faiblement le Toa de l'air. Où sont les autres?

— Ils combattent là-haut et nous avons besoin de toi, répondit le Toa de la pierre. Es-tu blessé?

— Accroché-cramponné à ce qu'il reste de l'échelle, répliqua Matau. Mal en point, mais vivant.

— Peux-tu voler?

— En piqué, oui.

Onewa enfonça le bout d'un de ses proto-pitons dans le sol et se laissa descendre dans le trou. Il avait une vague idée de l'endroit où se trouvait Matau. Étirant son proto-piton au maximum, il étendit l'autre

Le piège des Visorak

vers le bas, en direction de son compagnon Toa.

— Agrippe ça!

L'instant d'après, il sentit une prise sur son outil. Rassemblant ses forces, il ordonna à Matau de lâcher l'échelle. Aussitôt, Onewa dut supporter son poids ballant. Avec lenteur et au prix de grands efforts, il parvint à se hisser sur le plancher de l'étage supérieur, puis à y hisser Matau.

— Allez, mon frère, dit-il. On parlera en route.

Le temps de rejoindre les autres Toa, Matau avait saisi le plan. Onewa avait imaginé ce stratagème en se rappelant la confrontation entre Vakama et la créature de feu, mais son idée à lui était encore plus dangereuse. Une seule erreur de leur part et c'était la fin pour l'un des Toa... ou pour tous les six.

Les Toa Metru avaient connu quelques difficultés pendant l'absence des deux autres. La créature s'était apparemment lassée d'attendre une attaque qui ne venait pas et elle avait commencé à lancer des fragments de la substance qui la composait à ses ennemis. Dès que les fragments heurtaient quelque chose, un bruit assourdissant éclatait. C'était comme être pris au milieu d'un nuage orageux durant une tempête. Ce barrage sonore déstabilisait les Toa, qui restaient sur le qui-vive.

Onewa et Matau prirent position derrière la créature.

— Nuju, j'ai besoin de murs étanches à l'air aux deux bouts du corridor. Tout de suite!

Si l'un ou l'autre des Toa avait l'intention de discuter, il choisit d'attendre la fin du combat pour s'y mettre. Faisant appel à leurs pouvoirs élémentaires, Onewa et Nuju créèrent des murs de pierre et de glace, l'un derrière eux et l'autre derrière leur ennemi. Quand ils eurent terminé, les Toa se retrouvèrent coincés avec ce personnage sombre et flou dans une toute petite portion du corridor.

— Matau? dit Onewa.

— Je sais, je sais. Ne me presse-bouscule pas.

Le Toa de l'air ferma les yeux et se concentra. Vakama avait été capable d'aspirer la chaleur et le feu; cela signifiait donc que Matau était capable de faire la même chose avec l'air. Le Toa sentait que cela serait plus difficile qu'il ne l'avait d'abord imaginé, ne serait-ce que parce qu'il était encore ébranlé par le vacarme de l'explosion.

À présent, Nuju et Vakama avaient tous deux compris où Onewa voulait en venir.

— Retenez votre souffle, dit Vakama aux autres

Le piège des Visorak

Toa. Et n'ouvrez la bouche sous aucun prétexte.

Whenua eut envie de répondre à cet ordre, mais un regard de Nokama le convainquit de garder cela pour lui. Il prit une profonde inspiration et ne détacha plus ses yeux du sombre personnage qui commençait à s'agiter. Si la créature lâchait une autre explosion sonore dans cet espace réduit, il faudrait gratter longtemps pour réussir à décoller les Toa des murs.

Matau continua à faire appel à son pouvoir, toujours plus fort. Il avait dépassé ses limites depuis longtemps déjà, mais sa tâche n'était pas encore terminée. Il suffisait qu'il reste une seule molécule d'air dans la pièce et le plan d'Onewa échouerait.

Quand son instinct lui dit que les lieux étaient enfin vidés de leur air, il ouvrit les yeux et fit un signe à Onewa. Le Toa de la pierre fit un geste à l'intention de Nuju, qui envoya aussitôt un jet de glace solide vers la sombre créature. Les Toa se raidirent, prêts à entendre une nouvelle explosion.

La glace frappa la surface luisante de l'étrange créature, mais cette fois, cela ne provoqua pas d'attaque sonore. Au lieu de cela, l'ennemi se fracassa comme s'il avait été en cristal noir et se dissipa en ne laissant aucune trace derrière lui.

Matau n'attendit pas le signal d'Onewa. Il relâcha un

ouragan si puissant que celui-ci détruisit l'un des deux murs de pierre et de glace. Puis le Toa de l'air tomba à genoux, exténué.

— Que s'est-il passé? demanda Nokama.

— Du son, dit Onewa. La créature était faite de son. Chaque fois qu'on l'attaquait, on déclenchait une explosion sonore.

— Alors Matau a vidé la pièce de son air, poursuivit Nuju. Pas d'air, pas de son. Nous pouvions enfin l'attaquer sans être attaqués en retour.

— Étonnant, fit la Toa de l'eau. Y a-t-il une fin à tous ces nouveaux dangers que nous affrontons ici?

— Une meilleure question serait : cette chose vient-elle du cocon que nous avons trouvé? demanda à son tour Whenua.

— Je ne crois pas, mais je préférerais ne pas rencontrer son contenu original dans un espace aussi réduit, répliqua Nuju. Sortons d'ici.

— L'entrée principale est bloquée, dit Matau. Nous allons devoir utiliser la trappe de secours de la piste d'essai. C'est une petite montée-escalade.

Les Toa Metru se mirent en route pour la piste d'essai. Aucun d'entre eux ne se retourna, aucun n'ayant envie de savoir si quelque chose s'était lancé à leur poursuite.

Le piège des Visorak

* * *

La piste d'essai de Le-Metru avait été conçue pour évaluer les performances des nouveaux véhicules. Des concepteurs de différents metrus apportaient leurs plans aux assembleurs de Le-Metru, qui décidaient ensuite des modèles valant la peine d'être testés. Puis on construisait un prototype rudimentaire et on le faisait essayer sur la piste à des conducteurs volontaires comme Matau. Si le véhicule réussissait les tests de haute vitesse, montée abrupte et descente rapide, on pouvait alors penser à le produire à une grande échelle au Moto-centre.

À présent, la piste d'essai était sombre et déserte. Aucun Toa ne parlait pendant qu'ils gravissaient l'échelle de la voûte menant à la trappe de secours. Ils savaient tous combien Matau gardait quantité de bons souvenirs de cet endroit. Il y avait passé presque tous ses temps libres, et c'était ici même, sur la piste d'essai, que Toa Lhikan lui avait donné sa pierre Toa.

Le Toa de l'air ouvrit la trappe de secours toute grande; celle-ci avait été prévue pour permettre aux conducteurs de s'échapper rapidement en cas d'incendie dans leur véhicule. L'ouverture était assez large pour laisser passer deux Toa à la fois, et Matau et Nuju furent les premiers à sortir. Ils se tinrent sur le toit de la voûte, les yeux levés au ciel. On pouvait voir des milliers de petits points de lumière briller à travers la brume qui recouvrait la cité en permanence.

— Regarde, mon frère, dit Matau en souriant. Même en cette période sombre-noire, les étoiles continuent de scintiller. Je ne pense pas en avoir déjà vu autant, même à Po-Metru. N'est-ce pas magnifique?

— Retourne à l'intérieur! lança sèchement Nuju en poussant presque Matau dans le trou d'où ils étaient sortis.

— Que…?

— Ce ne sont pas des milliers d'étoiles qui nous regardent, mon frère, dit le Toa de la glace en sautant derrière lui. Ce sont des yeux!

6

— Des oiseaux Gukko? demanda Matau, la voix remplie d'espoir.

— Non, répliqua Whenua.

Il concentrait le pouvoir de son masque sur le mur de la voûte, observant à travers le métal la masse de créatures étranges qui se tenait là-haut.

— Des rats-rocheux? Des crabes Ussal? De super gros protodites?

— Non, non. Qu'est-ce que tu vas imaginer?

— Alors que sont-ils? demanda Vakama. Pourquoi sont-ils là-haut, en train de surveiller cet endroit?

Whenua se tourna vers le Toa du feu, mais il détourna ensuite son regard, comme s'il était incapable d'affronter celui de son ami.

— Vakama… Ce sont des Visorak. Elles sont assises sur les toiles qu'elles ont fabriquées et elles attendent, sachant que nous finirons bien par sortir d'ici.

— Visorak? répéta Vakama. Une minute! Onewa a utilisé ce mot durant notre voyage de retour vers la cité, alors que son esprit était sous le contrôle de ce parasite bizarre. Si tu connaissais le nom, pourquoi ne l'as-tu pas dit à ce moment-là?

— Je… Je n'ai pas fait le lien, murmura Whenua. C'est un souvenir obscur. J'ai déjà vu un bout d'inscription gravée qui contenait ce nom, une fois, il y a longtemps. C'est en les voyant, elles et leurs toiles, que je m'en suis souvenu.

— Tu es un archiviste! explosa Vakama. Tu es censé être capable d'identifier les Rahi que nous rencontrons! Sinon, à quoi es-tu bon?

Les autres regardèrent le Toa du feu, scandalisés par cet accès de colère. Assommé et blessé, Whenua ne dit rien. Ce fut Onewa qui se porta à la défense de son ami.

— Si nous avions fait demi-tour quand la tempête s'est déclarée, ou si nous avions envoyé une patrouille en reconnaissance comme je l'avais suggéré, nous n'en serions pas là. Mais tu étais tellement pressé de revenir ici, afin de repartir encore que…

— Je suis pressé de sauver les Matoran, autant que vous devriez l'être, répliqua vivement Vakama. J'ai fait une promesse à Toa Lhikan et j'ai bien l'intention de la tenir.

— As-tu fait cette promesse lorsque tu l'as laissé

Le piège des Visorak

se faire capturer ou lorsqu'il est mort pour sauver ton masque? dit le Toa de la pierre en s'éloignant. Je commence à croire qu'il est dangereux d'être ton ami.

— C'est encore bien plus dangereux d'être mon ennemi, répondit Vakama, un nuage de flammes entourant ses mains. Si tu as de la difficulté avec moi ou avec mon leadership, sculpteur, dis-le tout de suite.

Onewa tourna les talons, fit trois longues enjambées et vint placer son masque juste devant celui de Vakama.

— J'ai de la difficulté avec toi, ton leadership, ton attitude et avec l'idée fixe qui occupe ta tête d'akilini, et qui veut que tu sois le seul à devoir tenir ta promesse envers Lhikan. Nous le devons tous! Nous avons tous des amis prisonniers du sommeil de Makuta sous le Colisée, et nous voulons tous les sauver! Nous connaissons tous le prix de l'échec! Alors, descends de ton piédestal de Toa avant que je ne t'y oblige!

Nokama s'interposa, mais Onewa ne fit que reculer d'un pas et baisser ses proto-pitons.

— Je me battrai aux côtés de n'importe qui pour sauver les Matoran : des Toa, des Rahi, des Vahki et même les Chasseurs de l'Ombre en personne s'il le faut, clama le Toa de la pierre. Mais que Makuta m'emporte si je vais devenir le partenaire d'un cracheur-de-feu incapable de trouver la sortie dans une forge!

Matau lança une de ses lames aéro-tranchantes, qui vint se planter dans le sol entre Vakama et Onewa.

— Ça suffit les cris-insultes! Arrêtez tout de suite! L'ennemi est dehors, pas dedans. Nous ne pouvons remporter aucune victoire-Toa si nous continuons à emprunter six toboggans différents. Quelqu'un doit trancher.

Nuju regarda ses compagnons Toa. La situation était très grave. Comment pourraient-ils sauver les Matoran et repartir à zéro sur Mata Nui s'ils persistaient à se comporter comme des chauves-souris de glace hargneuses? S'ils devaient survivre et retourner un jour sur l'île, Nuju se jura mentalement d'inculquer à ses Matoran les vertus de la confiance en soi.

Les autres sont simplement… agaçants, décida-t-il. On n'aura jamais tant parlé et pourtant, on dit si peu de choses importantes. Cela remet en question l'utilité même d'un langage.

— D'accord, dit Onewa en baissant lentement ses outils. Ce n'est pas le bon moment pour tenir une élection. Nous avons une mission à remplir, alors, remplissons-la. Si tu veux nous diriger, Vakama, fais-le, mais fais-le sans nous traiter comme si nous étions tes

Le piège des Visorak

petits sujets dociles. Si tu n'es pas capable de faire ça, cède ta place.

— Et toi, Onewa, si tu veux suivre, alors fais-le sans rouspéter constamment, répliqua Vakama. Sinon, reste ici. Nous reviendrons te chercher.

— Vous êtes en train d'oublier tous les deux que nous allons peut-être rester ici très longtemps, dit Nuju.

— Non. Non, nous ne resterons pas, intervint Nokama en se dirigeant vers le corridor, suivie des autres Toa. Vous avez tous oublié qu'il y a une autre issue à ce bâtiment. Si on ne peut pas sortir par en haut, on peut sortir…

— … par en bas, termina Whenua, en passant par les Archives.

— Dans ce cas, allons-y, dit Vakama. Et en chemin, je veux en savoir plus à propos de ces Visorak.

Whenua avait très peu de choses à raconter. L'inscription qu'il avait vue était terriblement vieille et incomplète. Elle parlait d'un « fléau empoisonné » qui ravageait des régions entières, capturant des êtres vivants et les faisant prisonniers des toiles. Les plus chanceux étaient restés emprisonnés dans les cocons pour l'éternité. Les autres étaient sortis des toiles transformés en monstres qui défiaient l'imagination.

— Pourquoi n'avons-nous jamais entendu parler de ces bestioles? Si elles étaient à Metru Nui, les Vahki en ont sûrement capturé une ou deux.

— C'est ça l'ennui, dit Whenua en soulevant une partie du plancher et en ouvrant une trappe qui permettait aux Toa de descendre. Elles ne devraient pas être ici. Souviens-toi, avant le tremblement de terre, Turaga Dume avait ordonné que toutes les issues vers d'autres contrées soient scellées. Enfin, nous croyions que c'était bien Dume… nous ne pouvions pas savoir que Makuta avait pris sa place.

— Il a envoyé des Toa sceller les issues, dit Vakama avec mauvaise humeur. Aucun d'entre eux n'est revenu.

— Ils n'ont pas dû toutes les fermer, dit le Toa de la terre. Les Visorak ne viennent pas du coin. Si elles sont ici maintenant, c'est qu'elles sont venues d'ailleurs.

Nokama dut sortir Nuju de ses pensées pour lui demander de descendre. Leur destination était le niveau inférieur de l'usine d'assemblage des véhicules, d'où ils pourraient accéder aux Archives en empruntant des trappes dans le plancher. Le Toa de la glace ne pouvait s'empêcher de songer à l'image d'une horde de créatures dangereuses faisant route vers Metru Nui, détruisant toutes les bêtes sur leur passage ou…

Le piège des Visorak

— ... les entraînant avec elles vers Metru Nui, murmura-t-il.

— Quoi?

Nuju s'immobilisa.

— Tout s'éclaire à présent. Tous ces Rahi que nous avons croisés lors de notre retour vers la cité, ceux qui fuyaient, en proie à une grande panique. Ils fuyaient les Visorak.

— N'est-ce pas un peu difficile à croire-accepter? demanda Matau. Autant de bêtes, de toutes les tailles, craignant ces... enfin, ces machins-choses.

Vakama n'avait aucun problème à croire cela.

— Whenua, combien de Rahi des Archives sont originaires de Metru Nui?

Il y eut un long silence pendant que l'archiviste exécutait un calcul mental. Puis il répondit :

— Pratiquement aucun. Veux-tu dire que...?

— Exactement, dit Nokama d'une voix calme. Tous les Rahi qui ont attaqué notre cité depuis toujours... ceux contre lesquels nous avons dû nous défendre en construisant les Vahki... ils fuyaient tous quelque chose de pire qu'eux. Ils fuyaient les Visorak en courant le plus loin possible, et aboutissaient ici.

— Nous ne fuirons pas, dit Vakama d'une voix si convaincue qu'elle en était presque effrayante. Si les

Visorak s'interposent entre nous et les Matoran, ce sera tant pis pour elles.

Nuju jeta un coup d'œil vers le haut. Quelque chose obstruait le haut de l'écoutille. Tout à coup, cette même chose plongea à vive allure en direction du Toa, poussant un cri en plein vol. Le bruit fit se détacher l'échelle juste au-dessus de Nuju. N'étant plus retenu, le bout de l'échelle plia sous le poids du Toa, qui se retrouva bientôt suspendu au-dessus du vide.

Son attaquant était déjà loin; il se dirigeait vers les autres Toa. Un coup de sa longue queue balaya Matau et Onewa, et les fit tomber de l'échelle. Vakama, Whenua et Nokama se plaquèrent contre le mur pour éviter d'être emportés eux aussi.

Le Rahi ralentit en atteignant le fond du conduit, puis fit demi-tour et amorça une autre attaque. Vakama projeta une boule de feu, tant pour créer de la lumière que pour repousser la créature. La lueur vive révéla une bête très familière aux Toa Metru.

Matau, qui volait en position stationnaire avec Onewa dans les bras, était tout près d'elle.

— C'est un Lohrak!

Les serpents ailés avaient presque terrassé les Toa lors du dernier passage des héros à Metru Nui. Ils avaient dû combiner leurs pouvoirs Toa pour réussir à

Le piège des Visorak

contenir la colonie.

Un examen plus approfondi révéla qu'il ne s'agissait pas d'un Lohrak ordinaire. Ces créatures étaient méchantes, mais pas particulièrement grandes. Or, celle-ci mesurait plus de trois mètres, de la tête à la queue, et l'envergure de ses ailes faisait facilement le double. Seul l'espace réduit de l'écoutille l'empêchait de voler en cercle autour des Toa Metru.

Le Lohrak cria encore et, cette fois, son cri réduisit en poussière l'échelle se trouvant sous Vakama. Cette caractéristique aussi était nouvelle. Les Lohrak s'étaient toujours réjouis d'étouffer leurs proies, tout simplement. Les pouvoirs soniques ne faisaient pas partie de leurs armes naturelles.

Nuju se doutait déjà qu'il y avait un lien entre la créature de son qui les avait attaqués tout à l'heure et les nouvelles capacités dangereuses du Lohrak. Mais avant de pouvoir faire part aux autres de sa réflexion, il perdit pied et tomba en chute libre vers le sol en contrebas.

Se retournant dans sa chute, Nuju fit jaillir un jet de glace de ses pointes de cristal. Le bloc de glace ainsi formé isola le Lohrak des Toa, tout en fournissant à Nuju un site d'atterrissage sécuritaire, quoique peu confortable. Le Toa de la glace s'y écrasa et y resta étendu, assommé. Sous lui, la glace commençait à craquer.

— Matau! Attrape Nuju! cria Vakama.

— Je ne peux pas soulever-transporter deux Toa à la fois! répliqua Matau. Nous allons tous tomber-chuter!

— Dans ce cas, lâche-moi! dit Onewa. Je vais me débrouiller.

Nokama n'hésita que quelques secondes avant de dire :

— Fais ce qu'il dit. Hé! Matau! J'ai l'impression que le Lohrak a de la difficulté à se faire des amis. Qu'est-ce que tu en penses?

La silhouette floue du Lohrak s'approchait de plus en plus de la couche de glace. Matau pria pour que le Grand esprit leur vienne en aide. Il lâcha le Toa de la pierre et vola le plus vite qu'il put vers l'endroit où Nuju gisait, étourdi.

Tout se passa en un instant. Onewa lança ses proto-pitons avec force et réussit à les enfoncer dans le mur, afin de ralentir sa chute. Matau attrapa Nuju et s'efforça de reprendre de l'altitude. Le Lohrak poussa un cri et fit éclater en morceaux le bloc de glace. Une pluie de cristaux aveugla la créature pendant un moment, l'empêchant de poursuivre Matau.

Le piège des Visorak

Le Toa de l'air fit bon usage de ce délai, utilisant son Masque de l'illusion pour prendre l'apparence du Lohrak. Si Nokama avait vu juste, cette bête avait eu peu d'occasions de rencontrer ses semblables.

Le Lohrak s'immobilisa en plein vol. Il y avait au-dessus de lui une créature qui ressemblait à celles de son espèce, mais avec un Toa gigotant coincé entre ses serres. Cependant, quelque chose clochait… l'odeur, le mouvement des ailes… tout cela inspirait un sentiment de « différence ».

Whenua observa la créature qui se trouvait maintenant tout près de lui.

— Regarde, Vakama, murmura-t-il. Ces petites marques sur le côté… elles sont dans la même position que les épines à l'intérieur du cocon. Je pense que cette créature vient de là.

— Mais ce cocon était beaucoup plus petit qu'elle.

— C'est que le Lohrak a grandi, dit Whenua. Et il a grandi très rapidement.

— On ne pourrait pas le mesurer plus tard? lâcha Onewa. Moins d'archivage et plus d'action, Whenua!

— Va donc mâchouiller un caillou, marmonna le Toa de la terre en mettant en marche ses marteaux-piqueurs. Vakama, j'ai une idée. Peut-être que si…

Le Toa du feu n'écoutait pas. Il avait déjà sauté de

l'échelle pour agripper la queue du Lohrak. Le Rahi protesta par un cri, lequel projeta une onde dévastatrice dans toute l'écoutille. La force brute du son souleva le Lohrak-Matau et Nuju, et les projeta hors de la trappe.

Son cri n'ayant pas produit l'effet désiré – Vakama n'avait toujours pas lâché prise – le Lohrak utilisa une approche plus directe. Il secoua sa queue d'avant en arrière, envoyant Vakama heurter les côtés du conduit.

Nokama fit appel au pouvoir de son Masque de la traduction. Elle fit de son mieux pour imiter le cri du Lohrak et lui demander ce qu'il voulait et pourquoi il essayait de les blesser. La créature répondit par un cri qui perça un trou dans la paroi de l'écoutille ainsi que dans le mur extérieur qui se trouvait de l'autre côté, projetant Nokama hors du bâtiment.

— Je pense qu'il n'a pas envie de jaser, dit Onewa. Par contre, il vient de nous procurer une issue.

— Nous ne pouvons pas partir sans les autres, répliqua Whenua.

— Qui a dit qu'on le ferait? Attrape Vakama.

— Quoi? Il n'est pas en train de tomber.

Onewa se concentra. Des pinces de pierre jaillirent des côtés de l'écoutille et saisirent la queue du Lohrak, l'enserrant solidement. La bête balança sa queue avec

Le piège des Visorak

violence, éjectant Vakama, qui alla s'écraser contre le mur. Assommé, le Toa du feu se laissa aller et tomba… tout droit dans les bras tendus de Whenua.

— Il me semblait bien qu'il tombait aussi, dit Onewa. Allons-nous-en. Rejoignons d'abord Nokama, puis nous reviendrons chercher les deux autres.

Onewa, Whenua et Vakama atteignirent la brèche dans le mur juste au moment où le Lohrak parvenait à se libérer des pinces. À leurs pieds s'étendait la cité plongée dans l'obscurité et enveloppée de brume. Il y avait des toiles de Visorak partout, et six Vahki volants qui transportaient Nokama. En fait, la brigade filait directement vers l'endroit d'où elle venait, c'est-à-dire droit sur les autres Toa.

—Finalement, nous devrions peut-être choisir une autre route, dit le Toa de la pierre.

Les trois Toa s'écartèrent du chemin quand les Vahki passèrent en volant par l'ouverture. Le dernier transportait Nokama, à peine consciente. Whenua tapota l'épaule du Vahki avec son marteau-piqueur. Quand celui-ci se retourna, Vakama l'attrapa par-derrière pendant qu'Onewa lui arrachait Nokama des mains.

Le Toa de la pierre se doutait bien que l'étroit conduit de l'écoutille n'était pas un endroit sûr pour Nokama. Il sauta hors du trou et planta son proto-piton dans le mur extérieur. L'ennui, maintenant, c'était de choisir de quel côté s'en aller. Vers le haut, il se heurtait aux Visorak, et vers le bas, aux Vahki, aux Rahi et à Mata Nui savait quoi encore.

Peut-être la question n'est-elle pas tant de savoir où je vais, mais à quelle vitesse je peux m'y rendre, décida-t-il.

En bas lui sembla être le meilleur choix. Des Vahki et des Rahi, il en avait déjà vu… alors qu'il ignorait tout

Le piège des Visorak

tout des Visorak. Il se réjouissait à l'idée de retarder le plaisir de les rencontrer jusqu'à ce que les six Toa soient réunis et prêts à passer à l'attaque.

Tout en transportant Nokama sur son épaule, il commença la longue descente du mur extérieur du Moto-centre. Il devait concentrer toute son attention sur la descente. Un faux mouvement et c'était la fin pour eux deux. Attentif, il ne vit pas les trois Visorak glisser de leur toile et commencer à le suivre...

Matau et Nuju risquèrent un œil hors du trou et furent choqués de ce qu'ils virent. Pendant les quelques minutes où ils étaient restés inconscients, une terrible bataille s'était amorcée entre les Toa, les Vahki et le Lohrak. Jusque-là, le Lohrak semblait l'emporter haut la main.

Le Toa de l'air n'avait toujours pas repris son apparence normale. Nuju le regarda et trouva agaçant de se tenir tout près d'un serpent de plus de trois mètres de long.

— Transforme-toi, dit-il.

— Pourquoi? répondit Matau. Après tout, j'aimerais peut-être être un serpent géant. Plus personne n'oserait me menacer-embêter désormais!

Nuju dirigea lentement et délibérément sa pointe

de cristal droit sur la tête de serpent de Matau.

— Moi, j'oserais. Ce n'est pas une demande, c'est un ordre. Transforme-toi.

— Non.

Le Toa de la glace haussa les épaules. Plutôt que d'envoyer un jet de glace vers Matau, il créa tout simplement une fine feuille de glace si claire qu'elle pouvait servir de miroir. Puis il obligea le Toa de l'air à contempler le reflet de son nouveau visage.

Un seul regard et Matau déclara :

— Je pense que je vais retrouver-reprendre ma belle apparence.

Nuju se remit debout pendant que le Toa de l'air faisait cesser mentalement le pouvoir de son Masque de l'illusion.

— Bonne idée. Nous devons aider Vakama et Whenua, et nous ne gagnons rien à embêter les Vahki avec deux Lohrak.

— Tu as une idée-stratégie?

— Comme toujours. Dis-moi, toi qui es l'expert en transport, pourquoi les dirigeables de Le-Metru ne volent-ils pas à très haute altitude?

Matau réfléchit un moment avant de répondre.

— Question de sécurité. Voler encore plus haut, ce serait la chute assurée, parce que…

BIONICLE®

et les Vahki dans les airs, les transportant toujours plus haut vers l'ouverture au plafond. Matau s'accroupit, les yeux fixés sur les formes qui tourbillonnaient à grande vitesse dans la tempête. Puis, au moment crucial, il plongea ses mains au cœur du tourbillon et saisit Whenua et Vakama par le poignet.

Voyant ce que Matau faisait, Nuju accourut pour lui prêter main-forte. Une fois certain que leurs deux compagnons étaient bien cramponnés, Matau fit cesser le cyclone. Surpris par cet arrêt soudain, les Vahki plongèrent dans l'obscurité. Un moment plus tard, un bruit d'écrasement résonna dans l'écoutille, signalant que les robots avaient touché le fond.

— C'est ce qui manque à Metru Nui, ces jours-ci, dit Matau en tirant Whenua et Vakama hors du conduit. Presque plus de luttes-bagarres.

Les trois araignées Visorak blanches regardèrent Onewa et Nokama disparaître sous terre. Cette sorte de Visorak, du nom de Suukorak, préférait généralement les hauteurs, là où l'air était vif et froid. Les Roporak étaient de loin les mieux adaptées à la poursuite souterraine, mais elles étaient rassemblées de l'autre côté du Moto-centre. Les Suukorak n'avaient plus qu'à s'exécuter, la seule autre option étant d'aller

Le piège des Visorak

expliquer à Roodaka qu'elles avaient laissé les Toa s'échapper. Celle-ci ordonnerait sans doute que les Suukorak soient ligotées dans leur propre toile et qu'elles servent d'appât aux Rahi volants.

Frissonnant un peu à l'idée de cette triste fin, les Visorak partirent à la queue leu leu à la poursuite de leurs proies.

Onewa déposa doucement Nokama sur le sol, puis tenta de s'orienter. Tout ce qu'il savait, c'était qu'ils se trouvaient dans les Archives. Rares étaient les sculpteurs qui s'intéressaient à cet endroit. En conséquence, il n'avait aucune idée de la direction qu'il devait emprunter ni de ce qui pouvait l'attendre au prochain tournant. Whenua, lui, aurait su, mais le Toa de la terre était encore dans l'écoutille. Tout son être lui disait de retourner auprès des autres et de les aider, mais Onewa savait que ce n'était pas ce que ses compagnons attendaient de lui. Ils comptaient sur lui pour rester libre, avec Nokama à ses côtés. Si quelque chose arrivait, ils pourraient bien être les deux seuls Toa capables de poursuivre la mission.

Il guetta l'arrivée des autres avec impatience. Nokama remua. Onewa s'approcha pour l'aider à se relever.

— Doucement. Tu as encaissé le choc d'une sacrée décharge.

— Je vais bien. Où sont les autres?

Onewa entendit qu'on ouvrait la trappe là-haut.

— Ce doit être eux qui arrivent. Je parie qu'ils sont venus à bout de ce ver de roc géant.

Le Toa de la pierre se retourna pour accueillir ses amis. À la place, il se retrouva face à face avec une Suukorak. Un disque d'énergie sortit en tournoyant du dos de la créature et vint frapper Onewa. Aussitôt, un champ de force électrique enveloppa le Toa. Cela ne lui faisait pas de mal, mais accompagnait chacun de ses mouvements. Pire encore, plus il essayait de s'en débarrasser et plus cela se resserrait autour de lui.

À travers la foudre et les éclairs zébrés, Onewa devinait l'intention des créatures. Plutôt que de s'attaquer à deux Toa, elles avaient neutralisé le premier en le coinçant dans une prison d'électricité, afin de mieux s'occuper du deuxième. Elles se mirent à cracher des fils de toile vers Nokama que celle-ci parvenait à peine à parer avec ses lames hydro.

Malgré son adresse, certains fils finirent par l'atteindre. Ils s'enroulèrent autour de ses chevilles, la faisant trébucher et tomber. Sans plus attendre, les Suukorak s'approchèrent.

Le piège des Visorak

Tout à coup, elles s'immobilisèrent. L'instant d'après, Onewa entendit des voix : les autres Toa arrivaient! Il jeta un rapide coup d'œil vers la trappe. Quand il reposa ses yeux sur Nokama, les trois araignées avaient disparu. C'était comme si elles n'avaient jamais existé.

Le champ électrique se dissipa à l'arrivée de Vakama et des autres. Nokama se débattit pour se débarrasser des fils de toile. En réponse aux questions des Toa, Onewa dit qu'il était presque certain d'avoir fait la rencontre des Visorak elles-mêmes.

— Elles ont fui en vous entendant arriver, dit le Toa de la pierre. Méchantes, mais pas très braves à ce que je vois.

— Non, dit Whenua. Ne dis pas ça. La première chose qu'apprend tout archiviste, c'est de ne pas juger un comportement de Rahi en fonction de nos critères. C'est assez pour qu'un vieil archiviste se retourne dans sa tombe.

Nuju vit qu'Onewa s'apprêtait à répliquer par une plaisanterie. Il le coupa net :

— Alors, que s'est-il passé d'après toi, Whenua?

— Je pense qu'elles nous ont entendus arriver et qu'elles ont préféré s'enfuir plutôt que de se lancer dans un combat qu'elles risquaient de perdre, répondit

Whenua. Pourquoi tenter la chance? Nous n'irons nulle part. Elles ont tout leur temps.

— Tu parles d'elles comme si elles ébauchaient des plans, répliqua Onewa. Elles ne sont que des Rahi.

— Des Rahi qui ont pris le contrôle de la cité, dit calmement le Toa de la terre. Des Rahi qui sont assez puissants pour effrayer des bêtes qui font cinq fois leur taille. Trois d'entre elles ont presque suffi à vaincre deux Toa Metru, Onewa, et il y en a des centaines comme elles dehors… peut-être même des milliers.

— Raison de plus pour continuer notre route, dit Vakama. Nous allons avancer dans les Archives jusqu'à ce que nous soyons près du Colisée. Alors, nous pourrons faire notre travail.

— Et s'il y a des Visorak dans le Colisée aussi? demanda Matau.

— J'en doute, répondit Vakama. À mon avis, les Vahki sont encore sur place pour surveiller les lieux. Nous nous arrangerons avec eux et sortirons les Matoran de là avant que les Visorak comprennent ce que nous faisons.

Toute la troupe se mit en marche dans les Archives. Seul Matau resta un peu à la traîne.

J'espère que tu as raison, frère Toa, songea-t-il, *mais quelque chose en moi me dit que tu as tort.*

8

Nokama fut la première à entendre le bruit. C'était faible, mais reconnaissable entre mille : quelque chose souffrait près d'ici.

— Nous devons aller droit devant, dit-elle.

— Pour le Colisée, il faut prendre tout droit, puis à gauche, corrigea Whenua. C'est tout près.

— J'ai entendu quelque chose. Quelqu'un a des ennuis.

— Ça, ce serait nouveau-étonnant, grommela Matau. Jusqu'à présent, personne n'a eu d'ennuis durant cette aventure-promenade, pas vrai?

Nokama se tourna vers les autres.

— Continuez si vous voulez. Je vous rattraperai. Je dois aller voir ce qui se passe.

— Tu ne peux pas te promener seule par ici en ce moment, répliqua Nuju. C'est trop dangereux. Nous irons tous.

Vakama commença à protester. Nuju le fit taire d'un regard.

— Il se peut que ce que tu as entendu soit un piège

des Visorak, poursuivit le Toa de la glace. Dans ce cas, il est normal que nous allions tous voir ce qui se passe.

Nokama ouvrit la marche avec Whenua sur ses talons.

— Qu'y a-t-il dans ce coin? demanda-t-elle à l'archiviste. Je veux dire, qu'y avait-il ici avant…?

— Les salles d'isolement. On envoyait ici les Rahi qui attaquaient constamment les archivistes ou leurs semblables. Si l'on remarquait que leur comportement ne s'améliorait pas, on les déménageait aux niveaux inférieurs où la sécurité était meilleure.

— Donc tout ce qui se trouvait sur ce niveau était considéré comme dangereux?

Whenua ricana.

— Pas plus dangereux que de s'allonger devant un troupeau de Kikanalo en fuite. Ce n'est pas pour rien que seuls les employés ayant une vraie tête d'akilini étaient envoyés ici : pas question de voir de bons travailleurs risquer de se faire attaquer.

Le cri retentit de nouveau, cette fois assez fort pour que tous les Toa l'entendent. Whenua posa sa main sur l'épaule de Nokama et passa devant elle.

— Mieux vaut que je sois devant, dit-il. Il faut savoir comment approcher un Rahi blessé et comment gagner sa confiance. Sinon…

Le piège des Visorak

Une patte énorme surgit des ténèbres, projetant Whenua vers l'arrière, contre le mur. Il heurta la pierre de plein fouet et tomba ensuite vers l'avant, ayant à peine le temps de placer ses mains devant lui pour amortir sa chute.

— ... sinon tu risques de recevoir un coup en plein masque, reprit-il.

Nokama fit un pas dans la zone d'ombre. Un grognement rauque provenant des ténèbres l'accueillit.

— Ma sœur, ne fais pas ça! dit Matau.

La Toa de l'eau l'ignora. Elle continua à regarder droit devant elle, ses yeux cherchant à percer l'obscurité. Elle arrivait tout juste à deviner une forme de grande taille blottie sur le sol de pierre.

— Là, là, tout va bien, dit-elle d'une voix douce. Personne ne te veut de mal. Laisse-moi t'aider.

— Tiens-toi prêt, murmura Onewa à Nuju. Si cette chose attaque...

— Fais confiance à Nokama. Je ne prétends pas comprendre ses réactions dans ce genre de situation, mais je crois qu'elle a des liens avec le monde naturel que nous n'avons pas.

— Elle peut bien les garder ses liens, dit le Toa de la pierre.

Nokama fit un autre pas. Le Rahi donna un faible

coup, sa patte ne réussissant même pas à l'atteindre.

— Ça va aller. Tu n'es plus seul maintenant.

Sans quitter le Rahi des yeux, elle demanda :

— Whenua, envoie ta lumière par ici.

Le Toa de la terre s'exécuta. Le rayon de son Masque de la vision nocturne révéla la présence d'une jeune ourse cendrée ayant plus ou moins la taille d'un Toa. Même un œil inexpérimenté pouvait voir qu'elle était blessée gravement.

— Elle a été piétinée, dit Whenua d'une voix triste. Elle a dû être prise dans la ruée pour sortir d'ici après le tremblement de terre. Je ne crois pas qu'elle en ait pour longtemps à vivre, Nokama.

La Toa de l'eau s'agenouilla près du Rahi. L'ourse cendrée était trop épuisée et souffrait trop pour la repousser. Nokama fit jaillir une bruine rafraîchissante pour réconforter la bête.

— Peut-on faire quelque chose? demanda-t-elle à Whenua. Nous ne pouvons pas la laisser mourir ici.

— Nous n'avons pas le choix, dit Onewa. N'oublie pas qu'il y a des Visorak dans le coin, et peut-être des Vahki, et que sais-je encore. Nous n'avons pas le temps de jouer les guérisseurs de Rahi.

— Les Matoran ont besoin de nous, ajouta Vakama. Nous devons partir.

Le piège des Visorak

— Les Matoran dorment depuis des semaines sans avoir la moindre idée de ce qui se passe autour d'eux, répliqua Nokama. Cette créature est seule et effrayée… et je ne peux pas supporter de voir un être, quel qu'il soit, mourir avec le cœur pétrifié par la peur.

Nuju jeta un coup d'œil au Rahi. Les blessures de l'ourse cendrée étaient trop sévères pour envisager qu'on la déplace. De tous les Toa, seul Whenua savait vraiment comment prendre soin des Rahi, et il ne voyait pas d'espoir de survie pour la bête. Cela suffit à convaincre Nuju que l'animal n'avait aucune chance de s'en sortir.

— Partons, ma sœur, dit Onewa. C'est seulement un Rahi.

— Oui. Oui, justement, dit Nokama. Aux yeux de Makuta, nos amis n'étaient « que des Matoran ». Des êtres inférieurs, moins intelligents et moins puissants que lui, et dont il ne valait pas la peine de se soucier. Nous sommes censés être mieux que ça. Allez-vous-en, si vous voulez; moi, je reste avec elle.

— Le pouvoir Toa, dit Matau.

Tous les yeux se tournèrent vers lui. Il eut un air surpris, comme s'il ne réalisait pas qu'il avait parlé à voix haute.

— Le pouvoir Toa… Peut-être peut-il nous venir

en aide d'une façon ou d'une autre. Pensez à ce que les énergies ont fait pour nous. Peut-être que si on travaille tous ensemble…

— Ça n'a jamais été fait, dit Whenua.

— Déjà été essayé? demanda Matau.

— Euh… non.

— Voilà pourquoi ça n'a jamais été fait, conclut le Toa de l'air. Si nous arrêtons de parler-discuter et que nous nous donnons la peine d'essayer… Si ça ne fonctionne pas… je suis sûr que Nokama acceptera de reprendre la route avec nous. Pas vrai?

Nokama haussa les épaules.

— D'accord. Si vous m'aidez tous, je promets de vous suivre. En cas d'échec, nous l'installerons le plus confortablement possible et nous partirons.

Les autres Toa hochèrent la tête.

— Super-parfait! Nous sommes tous d'accord, dit Matau. Alors… que faisons-nous?

Nokama s'agenouilla à la tête de l'ourse cendrée, ses mains couvrant sa face. Matau s'agenouilla aux pieds du Rahi. Deux Toa se tenaient de chaque côté, leurs outils Toa tendus se croisant les uns les autres.

— Nous devons tous agir à l'unisson, dit Nokama. Concentrez-vous. Nous avons l'habitude d'utiliser nos

Le piège des Visorak

pouvoirs pour combattre, mais nous ignorons peut-être tout de leur capacité à guérir.

Un par un, les Toa firent appel à leur pouvoir élémentaire. L'écoulement du pouvoir devait être rigoureusement contrôlé : il ne devait ni brûler, ni geler le Rahi, ni l'emprisonner dans la pierre. Nokama créa une sphère d'eau dans les airs et les cinq autres Toa y firent entrer de minuscules quantités de leur énergie brute. Quand la sphère fut complètement chargée, Nokama la relâcha et laissa le liquide arroser l'ourse cendrée.

Les Toa regardèrent la scène, la tête remplie de questions. Ce traitement allait-il guérir le Rahi ou le faire mourir ? Quel effet aurait sur eux cet abandon de leur pouvoir Toa, même s'il ne s'agissait que d'une petite quantité ? Aucun d'eux ne savait si le pouvoir Toa se reconstituait par lui-même au fil du temps ou si chaque quantité utilisée disparaissait à jamais.

L'ourse cendrée se contracta et fit un mouvement pour lever la tête. Il lui fallut quelques essais, mais une fois qu'elle fut complètement ranimée, elle poussa un grognement et roula sur ses pattes. Instinctivement, les Toa Metru reculèrent d'un pas, mais le Rahi ne montra aucune intention de les attaquer. La bête se contenta de regarder chacun d'eux dans les yeux, sans émettre le moindre son. Puis elle bouscula gentiment Whenua et Nokama pour se frayer un passage, et avança d'un pas pesant dans l'obscurité.

— C'était... incroyable, murmura Nokama.

— Elle doit maintenant trouver un endroit sûr, dit Whenua. Je me demande s'il en reste un seul à Metru Nui par les temps qui courent.

— Elle va se débrouiller, assura Matau. Un jour, tu verras, elle bondira-sautera des arbres sur l'île là-bas, et fera si peur aux Matoran qu'ils en perdront leur masque. Attends voir.

— Il n'y aura aucun Matoran sur l'île si on reste ici, répliqua Vakama. Whenua, ouvre la marche. Guide-nous vers la trappe de Le-Metru la plus proche du Colisée.

— Je persiste à croire que nous faisons erreur, dit Onewa. Nous nous dirigeons peut-être tout droit dans un piège.

— Mes visions m'auraient averti, affirma le Toa du feu avec calme. Et elles ne l'ont pas fait. Tu vas voir, Onewa, nous serons bientôt de retour sur l'île, en sécurité, et avec nos amis. Nous sommes des Toa après tout : quelques araignées ne suffiront pas à nous arrêter.

Le piège des Visorak

* * *

Une paire d'yeux âgés observa le départ des Toa. Les héros ne virent jamais l'être qui les regardait, parce qu'il ne voulait pas être vu. Il aurait bien le temps de faire leur connaissance plus tard.

Il fonça dans l'obscurité comme s'il faisait plein jour, avançant d'un pas vif et alerte. Pouks s'occuperait de la sécurité de l'ourse cendrée pendant qu'Iruini guiderait les Suukorak dans une chasse vaine au plus profond des Archives. Il en connaissait les couloirs sinueux et tortueux mieux que n'importe quel être vivant. Les Visorak n'auraient aucune chance de l'attraper.

La tâche de Norik était de surveiller les Toa Metru. Ils se dirigeaient vers un danger terrible et, pire encore, ils le faisaient les yeux grands ouverts. Norik n'arrivait pas à comprendre l'ampleur de leur témérité. N'avaient-ils pas d'yeux pour voir? Ne pouvaient-ils pas comprendre que d'autres créatures avaient pris le contrôle de leur cité?

Des souvenirs d'un autre temps ressurgirent dans la mémoire de Norik. Combien de terres avait-il vues tomber aux mains des Visorak? Combien de milliers d'êtres vivants avaient été sacrifiés pour satisfaire leur insatiable soif de conquête? Et durant tout ce temps, les visages de Sidorak et de Roodaka avaient plané au-dessus d'eux, leur rire résonnant alors que des vies étaient ruinées et que de grandes réalisations étaient réduites en poussière.

Il accéléra la cadence. Les Toa Metru se déplaçaient très rapidement, comme pressés de connaître leur sort. Si Norik ne les rattrapait pas, leurs vies et tous leurs espoirs pour cette cité seraient anéantis à jamais.

Whenua ouvrit la trappe lentement et avec précaution. Il regarda des deux côtés, mais ne vit rien d'anormal.

Juste ta bonne vieille cité des légendes, ravagée, détruite et plongée dans le noir, se dit-il.

— C'est aussi sécuritaire que ça peut l'être, murmura-t-il. Venez.

Les six Toa Metru sortirent des Archives et descendirent dans la rue. Le Colisée les surplombait. Aucun des héros ne pouvait regarder l'imposant édifice sans se rappeler l'image horrible des Matoran déposés dans les sphères hypostatiques pendant que Makuta soutirait toute l'énergie de la cité. Le tremblement de terre qui avait suivi ce moment avait frappé la cité durement, mais c'était bien plus que la cité qui avait été ébranlé. Quelque chose au cœur même des Toa Metru s'était brisé.

Le piège des Visorak

— Quel est notre plan? demanda Nuju.

— Nous rendre au Colisée, éliminer tout Vahki qui puisse être de garde là-bas et récupérer les sphères, répondit Vakama. Puis nous les évacuerons de la cité avant que les Visorak nous trouvent.

— Comment?

— Nous pourrions attacher plusieurs véhicules Vahki ensemble et retourner vers l'île en suivant le trajet que nous avons suivi pour nous rendre ici. Puis nous transporterions les sphères jusqu'à l'île par voie terrestre en empruntant les tunnels du repaire de la Karzahni.

— Est-ce que je peux commencer à énumérer les raisons pour lesquelles ce plan ne fonctionnera pas? railla Nuju.

— Oublie ça, répliqua Vakama. Nous nous occuperons de leur transport vers l'île une fois qu'ils seront en sécurité avec nous. Suivez-moi.

Alors qu'ils sortaient à la suite du Toa du feu, Matau fut frappé par le silence complet des lieux. Il n'avait jamais connu Le-Metru aussi silencieux. Ce n'était pas seulement l'absence des voix des Matoran, même si cela était curieux en soi. C'était surtout l'absence de chants d'oiseaux. D'habitude, on trouvait des nids de Rahi volants dans l'enchevêtrement des câbles, mais il n'y en avait plus à présent. Il aurait aimé se dire qu'ils avaient simplement fui vers un lieu plus hospitalier après le tremblement de terre, mais le Toa de l'air savait bien que ce n'était pas le cas. Les Visorak étaient passées par ici et n'avaient rien laissé derrière elles.

En tête, Vakama marchait avec confiance comme si le metru lui appartenait. Il ne s'était pas donné la peine d'envoyer un éclaireur ou même de demander à Matau de guetter les environs du haut des airs. Onewa et Nuju étaient si las de protester qu'ils se contentaient désormais d'approuver tout ce que le Toa du feu disait.

Nokama marchait à ses côtés, perdue dans ses pensées. Elle avait pourtant le sentiment de connaître Vakama aussi bien ou même mieux qu'aucun des Toa, mais elle était dépassée par son comportement actuel. Lui qui avait été si soucieux de garder vivant le souvenir de Toa Lhikan, voilà qu'il agissait en désaccord avec les leçons que le Toa avait enseignées. Alors que Lhikan avait été prudent, Vakama était téméraire; alors que Lhikan avait valorisé la sagesse de ses pairs, Vakama ignorait les autres Toa pour poursuivre sa propre quête.

On aurait dit, à présent, que les événements se précipitaient et que la conclusion allait bientôt jaillir, tel le liquide qui coulait à flots dans les chutes de

Le piège des Visorak

protodermis. Chaque partie de son être criait qu'ils devaient s'arrêter, faire demi-tour et s'enfuir. Quelque chose les rattrapait, quelque chose d'ancien et de plus diabolique que tout. Il s'emparerait d'eux, les tordrait et les teinterait de sa touche. Mais quand Nokama ouvrit la bouche pour parler, les mots ne vinrent pas. Vakama ne changerait pas ses plans sur la foi de son mauvais pressentiment. Il les guiderait droit dans un puits à feu si cela voulait dire qu'il allait ainsi tenir la promesse faite à Lhikan.

— Nous arrivons bientôt, dit le Toa du feu. Quand nous serons sur place, Whenua, toi et Onewa vous commencerez à creuser des passages vers l'entrepôt. Plus nous aurons d'ouvertures, plus vite nous pourrons accomplir le travail. Le reste du groupe essaiera de réveiller quelques Matoran afin qu'ils nous aident à déplacer les sphères.

— Je vais voler-planer à haute altitude et ouvrir l'œil pendant que vous travaillez, déclara Matau. Comme ça, aucune bestiole ne viendra nous embêter.

— Nous aurons besoin de toutes les paires de bras une fois là-dessous, répliqua Vakama. Plus vite nous agirons et moins nous risquerons d'avoir de problèmes.

— Je vais voler-planer à haute altitude et ouvrir

l'œil, répéta Matau. Je n'ai pas envie de tomber sur une Visorak, non merci, et je pense que vous non plus.

Vakama haussa les épaules. C'était inutile de discuter. Quand les Toa seraient sur place, Matau verrait bien qu'il n'y avait pas raison de s'inquiéter et il accepterait de travailler comme les autres.

Les Keelerak observaient les Toa Metru qui marchaient tout en bas. Tel que Roodaka l'avait prédit, ils se dirigeaient vers la grande structure qui servait maintenant de frayère. Si on les laissait faire, ils endommageraient les cocons et retarderaient la chute de Metru Nui.

Les créatures-araignées commencèrent à s'agiter sur leurs toiles. C'était leur devoir de s'assurer que les Toa Metru n'avaient pas l'occasion de s'opposer à la volonté de la horde.

Elles se déplacèrent en silence, comme des ombres qui glissent sur un mur. Chaque membre de cet escadron était un vétéran dont l'instinct et les talents s'étaient aiguisés au cours d'un millier de campagnes déjà. Chacun avait savouré les fruits de la victoire un nombre incalculable de fois, jubilant à la vue des ennemis ligotés au centre de leurs toiles, à jamais prisonniers. Le même sort attendait ces Toa. D'ailleurs, et les Vahki dans les airs, les transportant toujours plus haut vers l'ouverture au plafond. Matau s'accroupit, les yeux fixés sur les formes qui tourbillonnaient à grande vitesse dans la tempête. Puis, au moment crucial, il plongea ses mains au cœur du tourbillon et saisit Whenua et Vakama par le poignet.

Voyant ce que Matau faisait, Nuju accourut pour lui prêter main-forte. Une fois certain que leurs deux compagnons étaient bien cramponnés, Matau fit cesser le cyclone. Surpris par cet arrêt soudain, les Vahki plongèrent dans l'obscurité. Un moment plus tard, un bruit d'écrasement résonna dans l'écoutille, signalant que les robots avaient touché le fond.

— C'est ce qui manque à Metru Nui, ces jours-ci, dit Matau en tirant Whenua et Vakama hors du conduit. Presque plus de luttes-bagarres.

Les trois araignées Visorak blanches regardèrent Onewa et Nokama disparaître sous terre. Cette sorte de Visorak, du nom de Suukorak, préférait généralement les hauteurs, là où l'air était vif et froid. Les Roporak étaient de loin les mieux adaptées à la poursuite souterraine, mais elles étaient rassemblées de l'autre côté du Moto-centre. Les Suukorak n'avaient plus qu'à s'exécuter, la seule autre option étant d'aller

Le piège des Visorak

Il grimaça.

— … parce que de la glace se formerait.

Nuju approuva d'un signe de tête et utilisa ses outils Toa pour envoyer des vagues de givre en direction du Lohrak. Bientôt, ses ailes furent couvertes d'une épaisse couche de glace. Malgré sa grande force, la créature ne put compenser le poids supplémentaire qui l'accablait et qui l'empêchait maintenant de battre des ailes. De la même façon, elle ne pouvait utiliser son cri supersonique pour se débarrasser de la glace sans détruire ses propres ailes. Comprenant que le problème venait de l'écoutille, le Lohrak utilisa ses pouvoirs pour agrandir le trou du mur et s'y faufiler, puis il s'envola dans le ciel. Vakama le vit changer de direction et se diriger vers Ta-Metru, cherchant sans doute une source de chaleur pour faire fondre la glace.

Si Nuju espérait voir les Vahki se lancer à la poursuite de la bête, il fut déçu. Il était clair que quatre Toa Metru à portée de la main valaient plus qu'un Lohrak en vol.

— J'espère qu'on pourra éviter un combat, dit le Toa de la glace.

— On le peut, répondit Matau.

Sans prononcer un mot de plus, il créa un cyclone dans l'écoutille. Les vents soulevèrent Vakama, Whenua

Le piège des Visorak

les Keelerak se surprirent même à souhaiter un défi plus grand.

— Pourquoi? se demanda Nuju, assez fort toutefois pour qu'Onewa l'entende.

— Pourquoi quoi, rat de bibliothèque?

— Pourquoi les Visorak nous ont-elles laissés nous échapper par les Archives? Si, comme Whenua le dit, elles ont plutôt décidé de se replier, elles auraient quand même pu ordonner à d'autres de nous attaquer. Au lieu de ça, elles nous ont laissés partir et poursuivre notre route vers notre but.

— C'est comme je disais : elles ne sont pas très intelligentes, répondit Onewa.

— J'aimerais bien être aussi confiant que toi, mon frère, dit Nuju. Mais je ne peux m'empêcher de penser qu'il existe plus de toiles que celles que nous voyons au-dessus et autour de nous. Je pense même que nous nous dirigeons tout droit dans l'une d'elles. J'ai le sentiment qu'au moment même où nous croirons avoir réussi à éviter un piège, celui-ci se refermera sur nous.

— Incroyable, dit Onewa. J'en ai finalement trouvé un.

— Un quoi?

— Un plus pessimiste que Whenua.

— Silence! murmura Vakama. Guettez les Vahki. Avec un peu de chance, peut-être qu'il n'y en aura aucun dans les environs. Vous voyez? Nous avons atteint le Colisée sans croiser un seul Vahki.

Sur ces paroles, un disque d'énergie tournoyant à grande vitesse surgit de l'ombre et vint frapper le Toa du feu en plein dos. Aussitôt, Vakama se figea sur place, paralysé par l'effet de la force du projectile tourbillonnant. Avant que les autres Toa puissent réagir, ils furent heurtés à leur tour et devinrent dès lors incapables d'esquisser le moindre mouvement. Déséquilibré au moment de l'attaque, Whenua tomba vers l'avant et entraîna ses amis dans sa chute. Tous s'écrasèrent sur le sol.

— Est-ce que ça va pour tout le monde? demanda Vakama.

— Ça va, répondit Nuju, paralysé, mais pas blessé.

— Nous sommes tous derrière toi, Vakama, dit Matau en ne faisant aucun effort pour cacher son ironie. Littéralement derrière toi.

— Faire de l'esprit ne nous aidera pas à sortir d'ici, sermonna Nokama.

— Non, mais penser-discuter avant de se précipiter dans un piège, ça, ça aurait pu nous aider.

Le piège des Visorak

— Si tu as quelque chose à dire, dis-le, lâcha Vakama d'un ton cinglant.
— Oublie ça, grommela Matau.

La discussion cessa net quand le bruit des pas d'une multitude de créatures qui venaient vers eux se fit entendre. Les Toa ne pouvaient rien faire d'autre que d'attendre et de guetter l'arrivée des envahisseurs. Ceux-ci les encerclèrent bientôt.

Les Visorak, monstres perfides aux allures d'araignées, étaient toutes hérissées d'énergie. Leurs mandibules grinçaient et leur bouche dégoulinait de bouts de fils de toile visqueux. Des espèces de lanceurs étaient fixés sur leur dos. Sous les yeux des Toa, un disque d'énergie se forma au centre du lanceur de l'une des Visorak vertes et fut propulsé très haut dans les airs. Un groupe de chauves-souris se dispersa à l'approche du projectile. Le disque n'était pas une attaque en soi. C'était plutôt un signe confirmant que le combat était déjà gagné.

— Que faisons-nous, Vakama? murmura Nokama.
— Je... Je l'ignore, répondit le Toa du feu d'une voix si grave qu'elle était à peine audible.

C'est alors que les Visorak commencèrent à tisser leurs toiles...

* * *

BIONICLE®

Roodaka sourit en observant un petit groupe de Visorak en train de tisser une nouvelle toile. Celle-ci allait relier le Colisée à une autre des Tours du savoir de Ko-Metru. Il semblait normal que ces créatures fassent partie de son armée, car elle-même savait inventer des pièges de toutes sortes pour attraper les imprudents.

Tisser une toile ne se résumait pas à trouver le bon endroit et à y tendre quelques fils de soie. La toile devait être renforcée et soutenue de façon à ce que l'ensemble de la structure ne s'effondre pas si le vent ou la pluie en abîmait une partie. Roodaka élaborait ses plans de la même manière, afin que le moindre changement ne les compromette pas complètement. Elle réussissait même à tourner à son avantage certains événements qui auraient pu sembler désastreux pour elle au premier abord.

C'était justement ce qui s'était passé quand elle avait entendu que les Toa avaient été capturés. La horde Keelerak des Visorak qui avait réussi à arrêter les Toa Metru était loyale envers son roi, Sidorak, plutôt qu'envers elle. Conquérant dans l'âme, Sidorak ne voyaient les Toa que comme des ennemis devant être éliminés. Il avait donc ordonné que les héros soient ligotés dans des cocons et installés haut dans les

Le piège des Visorak

airs à l'extérieur du Colisée. Son idée était de les lâcher tout simplement et de les laisser s'écraser sur le sol tout en bas.

Mais Roodaka était intervenue :

— Pourquoi faut-il que ce soit si simple? avait-elle demandé. Un chef est jugé par la qualité de ses ennemis. Les Toa sont en fait de puissants adversaires et leur mort devrait être... mémorable.

Sidorak avait souri. Alors qu'il régnait par la force et l'intimidation, Roodaka incarnait les qualités plus subtiles qui alimentaient la conquête. Elle comprenait la peur et la terreur, et le pouvoir des symboles qui évoquaient ces deux sentiments. Il accueillait toujours ses conseils avec plaisir, surtout qu'il espérait qu'un jour, elle serait beaucoup plus qu'une simple aide dans ses campagnes.

Sidorak avait une confiance aveugle en Roodaka. Cela avait été sa première erreur.

— J'imagine que je pourrais rendre leur mort plus... plus digne d'une légende, reconnut-il.

Après ce subtil encouragement, Sidorak avait accepté de laisser les Toa assez longtemps dans les cocons pour qu'ils expérimentent les propriétés uniques du venin des Visorak. L'issue serait la même : ils mourraient. Mais auparavant, Roodaka aurait acquis de précieuses connaissances au sujet des effets du poison sur les Toa.

Elle s'avança vers la fenêtre et contempla les Toa dans leurs cocons, accrochés à une toile de Visorak. Ses yeux se délectèrent à la vue de ces héros se débattant en vain pour regagner leur liberté. Elle se dit alors qu'il n'y avait rien de plus agréable que de voir de faibles et pitoyables créatures lutter pour échapper à leur triste sort.

Les six Toa Metru étaient dans leurs cocons, suspendus très haut au-dessus des rues de la cité. Partout autour d'eux, des hordes d'araignées Visorak s'étaient rassemblées sur les toits de Metru Nui pour assister à leur fin tragique. Seuls quelques câbles fins retenaient les cocons aux toiles situées au-dessus. À la longue, le poids des Toa finirait par les faire céder, ce qui provoquerait une chute interminable. Avec un peu de chance, la vitesse inouïe que leurs corps allaient atteindre pendant la chute serait suffisante pour mettre fin à leur vie avant qu'ils se fracassent sur le sol.

— Eh bien, cracheur-de-feu, on ne pourra pas dire que tu ne nous auras pas montré la ville, marmonna Matau. Par contre, on pourra te tenir responsable de notre capture, de notre empoisonnement et... de notre très imminente chute-dégringolade, car je ne pense pas qu'on nous ait montés jusqu'ici seulement pour admirer le paysage!

Vakama travaillait fort pour trouver quelque chose

à répondre. Sa tête et tout son corps le faisaient souffrir atrocement. Il sentait les épines des cocons piquer sa chair et le venin des Visorak circuler dans son corps. Il jeta un coup d'œil aux autres Toa, tous menacés de disparaître à présent parce que lui, Vakama, avait pris les mauvaises décisions.

— J'ai essayé de vous guider de mon mieux, répliqua-t-il. J'aurais aimé être meilleur, mais si je dois retenir une seule chose de tout ce que nous avons vécu ensemble, c'est que je suis ce que je suis. Et je ne peux pas changer, même si parfois, c'est ce que je voudrais de tout mon cœur.

Vakama fut saisi d'un spasme qui provoqua de violents frissons dans tout son corps. Soudain, un de ses bras parvint à sortir du cocon. Vakama le regarda, perplexe. À coup sûr, ce membre tordu et bizarre ne pouvait pas lui appartenir.

Le même effet se produisit chez les autres Toa. Leurs corps se métamorphosaient et se déformaient, leurs masques se transformaient et leurs muscles grossissaient. Ils avaient même l'impression que leur esprit était mis en pièces et remonté. La douleur s'ajoutait à la douleur et, ce qui la rendait pire encore, c'était de savoir qu'il n'y avait aucun moyen de faire cesser ce supplice.

Le piège des Visorak

— Je n'aime pas ça! cria Matau.

Nuju s'efforça de ne pas penser aux changements rapides que subissait son corps. À cause de ces mutations, les corps des Toa avaient déchiré en partie les toiles auxquelles leurs cocons étaient accrochés, les seules choses qui contribuaient à les maintenir en l'air. À ce rythme-là, ils n'auraient pas à se soucier bien longtemps de leur nouvelle apparence.

— Ce sera bientôt pire, répliqua-t-il.

Comme Vakama avait été le premier à subir la transformation, son cocon était le plus endommagé. Sous les yeux de Nuju, le Toa du feu se détacha de la toile et plongea dans le vide. Un à un, les autres le suivirent, leurs nouveaux membres étranges aux formes quasi animales battant l'air pendant la chute. Puis le Toa de la glace lâcha prise à son tour et tomba en chute libre.

Le sol se rapprochait à toute vitesse. Le vent l'empêchait de respirer. Il ferma les yeux et rassembla tout son courage pour affronter les derniers moments de sa vie.

Puis ce fut l'impact!

Mais pas le genre d'impact auquel il s'attendait. Quelqu'un l'avait heurté et avait ralenti sa chute. À présent, son sauveteur le transportait en sautant et en bondissant parmi les décombres de la cité.

Nuju ouvrit les yeux. Il n'avait jamais rien vu de semblable à l'être qui le transportait. Voûté et tordu, celui-ci semblait être le résultat d'un croisement entre un Turaga, un Rahkshi et quelques autres espèces Rahi. Malgré sa petite taille, il n'avait aucune difficulté à escalader des murs ou à se balancer de câble en câble. Si le poids de Nuju était un boulet pour l'étrange créature, elle ne le laissait pas paraître.

Ils terminèrent leur trajet dans les ruines de Ga-Metru. Les autres Toa y étaient déjà, tous transformés en une combinaison effrayante de leur corps original et de ceux d'animaux divers. Ils étaient tous perplexes et horrifiés par leur nouvelle apparence. Même Matau ne pouvait supporter la vue de son reflet dans une flaque de protodermis liquide.

Quand le Toa de la glace se retourna pour poser une question à son sauveteur, il constata que les six petites créatures avaient disparu.

Un mystère n'attend pas l'autre, se dit-il. *Et aucun de ces mystères ne nous aide à résoudre le plus grand d'entre tous : que sommes-nous devenus ?*

Son humeur ne s'améliora pas quand il découvrit que les pouvoirs de son masque ne fonctionnaient plus. Il ignorait si c'était le résultat de dommages

Le piège des Visorak

causés au masque pendant la transformation ou un quelconque effet secondaire de la transformation de son propre esprit. Pire encore, son pouvoir de glace ne lui obéissait plus. Ses outils Toa aussi avaient disparu, remplacés par d'étranges pièces d'équipement dont il ne comprenait pas l'utilité.

Il regarda ses amis. Eux qui avaient été de puissants et nobles Toa ressemblaient maintenant à des créatures qu'on aurait cachées volontiers dans un des niveaux inférieurs des Archives. Matau était de loin le plus laid. Nokama s'approcha instinctivement de lui pour le réconforter.

— Ça va aller, murmura-t-elle.

— Comment peux-tu dire que ça va aller?

— Nous sommes tous là. Nous allons nous en sortir. Ensemble.

— C'est ce que font les amis, ajouta Whenua.

Matau se leva avec une agilité surprenante et marcha vers Vakama.

— Je ne t'entends pas en dire autant, tête roussie. Qu'est-ce qui se passe? Tu es trop occupé à ébaucher-dresser un autre plan de maître? La prochaine fois, tu pourrais peut-être nous faire disparaître, plutôt que de nous transformer en monstres-bêtes!

Vakama s'avança et répliqua :

— Je ne fais plus de plans.

— C'est bien la première chose encourageante-joyeuse que j'entends depuis que je suis devenu une horreur.

Nuju se renfrogna. Les querelles étaient une perte de temps. Leur avenir de Toa, ou peu importe ce qu'ils étaient maintenant, dépendrait des décisions qu'ils prendraient dans les prochaines minutes.

— Nous ferions peut-être mieux d'oublier notre apparence pour le moment et d'utiliser notre énergie à comprendre pourquoi nous sommes devenus… ce que nous sommes, dit-il.

— Plus vite nous le ferons, plus vite nous pourrons sauver les Matoran, approuva Nokama. Mais par où commence-t-on?

Matau haussa les épaules.

— Comment allons-nous sauver les autres alors que nous avons nous-mêmes besoin d'aide? demanda-t-il.

— Si tu fais preuve de sagesse, si tu désires vraiment redevenir ce que tu étais avant, alors tu vas écouter.

Les six Toa se tournèrent d'un bloc en entendant cette voix bizarre, mi-grognement de bête et mi-voix de vieux sage. Les êtres étranges qui les avaient sauvés

Le piège des Visorak

d'une chute fatale étaient réapparus, comme sortis de nulle part. Ils observaient les Toa sans exprimer ni crainte ni horreur, mais plutôt avec pitié et assurance.

Norik reprit la parole.

— Vous êtes devenus quelque chose qui est, à la fois, meilleur et pire que ce que vous étiez, déclara-t-il. Vous parcourez une route bien connue... Nous savons comment ça commence et nous savons comment ça peut finir. Vous devez agir maintenant, Toa, avant qu'il n'y ait plus d'espoir ni pour vous ni pour votre cité.

Une vague d'espoir déferla sur les Toa. Il était vrai que ces créatures avaient l'air de vieux ennemis dont il valait mieux se méfier, mais si elles connaissaient le moyen de renverser cette transformation...

— Dis-nous comment redevenir comme avant, vieux sage, et je m'engage personnellement à construire un champ rempli de statues en votre honneur, grogna Onewa.

— Vous rendriez un grand service à Metru Nui et aux Matoran, ainsi qu'à nous-mêmes, dit Nokama.

— Nous connaissons votre situation, répondit Norik. Nous vivions dans l'ombre de cette cité bien avant le cataclysme. Nous sommes au courant de ce qui est arrivé aux Matoran, ainsi que du sort terrible que les Visorak leur réservent. Mais nous ne pouvons pas faire grand-chose pour les arrêter. C'est à vous d'agir.

— Comment? demanda Nuju.

Pour une raison qu'il avait du mal à saisir, la manie de ces êtres de s'exprimer par énigmes déclenchait en lui un sentiment de colère. Cela lui faisait drôle, lui qui ne se laissait jamais dominer par ses émotions. En même temps, il était vrai que la rage semblait un sentiment tout à fait naturel en pareille situation. Voilà une chose à laquelle il allait devoir réfléchir en profondeur.

— Keetongu, dit Norik.

Nuju jeta un coup d'œil à ses collègues Toa. Visiblement, aucun d'eux ne connaissait ce mot.

— Le Keetongu est une créature puissante réputée pour sa connaissance des venins et de leurs antidotes, expliqua Norik. Il constitue notre seul espoir contre la horde de Visorak. Si vous voulez redevenir les Toa que vous étiez, vous devez partir à la recherche de Keetongu.

— Mais que sommes-nous donc à présent? demanda Nokama.

De toute évidence, elle aussi avait de la difficulté à garder son calme.

— Les cocons des Visorak vous ont injecté le venin

Le piège des Visorak

des Hordika. Il coule maintenant en vous. S'il n'est pas neutralisé, il prendra racine et vous serez des Hordika pour toujours. Mi-Toa, mi-animaux, prisonniers de vos propres instincts, de votre propre colère... jusqu'au jour où votre nature Rahi prendra totalement le dessus. Alors, vous ne serez plus rien que de pauvres bestioles errantes semant la destruction partout où elles passent.

Nokama frissonna à ces paroles. Cela ne pouvait pas être leur destin! Ce n'était pas pour finir ainsi que Mata Nui les avait dotés du pouvoir Toa!

— Je suis un Rahaga, poursuivit l'être. Je m'appelle Norik. Et voici Gaaki, Bomonga, Kualus, Pouks et Iruini.

Les Toa ne savaient trop que dire. C'était très difficile d'accepter tout ce qui leur arrivait, sans compter que leur seul espoir de s'en sortir résidait en ces créatures à l'allure si étrange. Nokama prit finalement la parole.

— Rahaga, pouvez-vous nous mener à ce Keetongu?

Le Rahaga nommé Iruini ricana. Norik lui lança un regard sévère avant de se tourner vers Nokama.

— Ce que l'attitude d'Iruini suggère de façon si maladroite, c'est que ce sera, disons... ardu. Nous, les Rahaga, sommes venus à Metru Nui à la recherche du

Keetongu, et il y en a parmi nous qui, euh… doutent de son existence.

— Oh! super! lâcha Onewa. Notre seul espoir est une légende.

— Et toi? demanda Nuju à Norik. Que crois-tu?

— Je crois aux légendes, répondit Norik.

— Alors nous devrions tous en faire autant, approuva Nokama.

— Une minute, intervint Matau. Ne devrions-nous pas discuter-parler de ça tous ensemble? Qu'en penses-tu, Onewa? Whenua? Forgeur-de-masques?

Le Toa de la pierre et le Toa de la terre ne répondirent pas. Ils s'étaient tous deux accrochés à l'espoir que leur transformation pouvait être réversible, et voilà qu'ils apprenaient que cela reposait sur rien de mieux qu'une autre légende.

— Je crois que nous sommes revenus à Metru Nui pour sauver les Matoran et pas pour pourchasser des bêtes mythiques, répondit Vakama sans jamais lever les yeux du sol.

— Et vous connaissez un moyen d'accomplir cela? demanda sèchement Norik. Peut-être en utilisant vos nouveaux pouvoirs Hordika? Des pouvoirs que vous n'avez même pas encore appris à utiliser, d'ailleurs.

— Je ne sais pas, dit le Toa du feu.

Le piège des Visorak

Quelque chose dans sa voix laissa croire à Nokama qu'il était tout près d'exploser de colère.

— Tu ne sais pas ou tu ne veux pas nous inclure dans tes plans? insista Norik.

— Les deux, répondit Vakama.

Puis il se leva et s'éloigna.

— Vakama! cria Nokama.

— Je vais lui parler, dit Norik.

— Et nous alors? demanda Matau.

Norik lui adressa un sourire dans lequel pointait un soupçon de menace.

— Préparez-vous. Nous allons devoir mettre une légende à l'épreuve.

Vakama ne retourna vers le groupe qu'au bout d'un certain temps. Un silence lourd plana pendant un long moment avant qu'il prenne la parole.

— Je ne peux pas vous dire quoi faire, dit le Toa du feu. Il est clair que ce sont mes ordres qui nous ont menés à cette situation désastreuse. Il est également évident que certains d'entre vous ne souhaitent plus ma présence, ajouta-t-il en regardant Matau et Onewa.

— Vakama, ils n'ont pas… commença Nokama.

Vakama l'interrompit.

— Mais je crois que nous sommes tous d'accord

pour dire que nos problèmes ne sont rien à côté de ceux des Matoran. Nous devons nous assurer qu'ils sont bien sains et saufs avant de nous soucier de savoir comment annuler cette transformation.

Nuju approuva.

— Même si je souhaitais qu'il en soit autrement, je suis de ton avis. Nous occuper d'abord des Matoran nous fait courir le risque d'être des Hordika pour toujours, ce que je ne souhaite à personne, mais nous occuper de nous-mêmes avant de les sauver signifie condamner une population tout entière à être abandonnée à son sort, ou même pire.

— Nous sommes des héros Toa même si nous n'en avons pas l'air, dit Matau. Nous avons deux problèmes : d'abord, sortir les Matoran du Colisée, puis les évacuer de cette cité. Si vous travaillez-réfléchissez au premier, j'aurai peut-être une idée-stratégie pour le second.

— Dans ce cas, allons-y, dit Onewa en bondissant sur un tas de décombres. Nous ne rajeunissons pas et Matau n'embellit pas non plus.

En route pour Le-Metru, Norik observa les Toa qui discutaient et élaboraient des plans. C'était bien qu'ils aient en tête une mission et un but : ainsi, ils ne pensaient pas au sort qui les attendait. Norik savait

Le piège des Visorak

mieux que tout autre ce dont les Toa étaient capables, mais dans le fond de son cœur, il doutait que ces héros puissent échapper à leur destin.

Il donna l'ordre aux autres Rahaga de se disperser et de rester dans l'ombre. S'il y avait des Visorak dans les parages, les Rahaga les repéreraient. Les Rahaga avaient survécu aussi longtemps en évitant les hordes, en courant et en se cachant… mais sans plus.

Metru Nui sera le lieu de notre confrontation finale avec ces créatures de l'enfer, se dit Norik. *Bientôt, il n'y aura plus de Visorak ni de Rahaga.*

Roodaka s'assit sur le trône qui avait appartenu à Makuta. Sidorak était parti rassembler ses légions en vue de la chasse aux Toa Hordika. Comme d'habitude, il se fiait à l'écrasante force du nombre de ses troupes pour atteindre son but. Les Visorak se répandraient dans la cité comme la peste, ne se reposant jamais avant que leurs proies aient rendu l'âme.

Est-ce que ce sera suffisant? se demanda Roodaka. *Ce sont des Toa… transformés, bien sûr, imprégnés de la double nature des Hordika, mais des Toa quand même. Il s'agit de leur ville. Ils en connaissent les cachettes et ils peuvent compter sur ces fichus Rahaga pour les aider. Avec de la chance et de l'habileté, il se pourrait qu'ils réussissent à échapper aux hordes.*

Cela ne se produirait pas. Elle avait besoin des Toa pour réaliser son projet ultime et, par le pouvoir noir de Makuta, elle les aurait.

La reine des Visorak se leva et marcha jusqu'à l'immense cadran solaire qui dominait la pièce. Par le passé, cet appareil avait calculé le temps qu'il restait avant que Metru Nui soit anéantie par un cataclysme. À présent, il comptait les heures qu'il restait à vivre aux Toa Hordika.

Roodaka sourit. Il fallait laisser Sidorak mener ses troupes dans une chasse à travers les rues et les ruelles de la ville. Elle ébaucherait ses propres plans, des plans si astucieux et si machiavéliques que même le maître des ténèbres les aurait applaudis, s'il avait été en liberté.

Bientôt, songea-t-elle. *Très bientôt, à présent. De ma propre main, je bannirai la lumière de cette cité et l'obscurité y régnera pour toujours.*

Loin sous terre, dans les entrailles du Colisée, les Matoran tremblèrent dans leur sommeil, aux prises avec des cauchemars qui ne voulaient plus finir...

ÉPILOGUE

Turaga Vakama prit une profonde inspiration et expira lentement. Il avait imaginé que, d'une certaine façon, le fait de raconter cette histoire après tant d'années le soulagerait d'un poids, mais cela n'avait pas été le cas. Au contraire, on aurait dit que cela avait ravivé des blessures vieilles comme le monde.

Nuju avait peut-être raison, songea-t-il. *Peut-être qu'il n'y avait rien de bon à tirer de tout cela.*

Tahu Nuva garda le silence pendant un très long moment. Vakama s'attendait à une expression d'horreur ou de révulsion de la part du Toa, mais son masque restait neutre, ne laissant paraître aucun de ses sentiments. Finalement, le héros bardé de rouge se pencha en avant et serra la main du Turaga.

— Vous avez surmonté bien des épreuves pour arriver à ces berges, dit Tahu. Bien plus qu'aucun de nous ne se doutait. Il y a une suite à votre récit, n'est-ce pas?

— Oui, Tahu.

— Devrai-je vous supplier pour l'entendre?

— Non. Malgré ce que mes frères peuvent souhaiter, le temps des secrets et des mensonges est révolu. Tu as choisi d'entendre le récit des Toa Hordika et il en sera ainsi. Comme tu as pu le constater, il nous arrive parfois d'être aussi nigauds qu'une bécasse et aussi aveugles qu'une chauve-souris de glace.

— Que voulez-vous dire, Turaga?

Vakama se leva et s'appuya sur son sceptre.

— Je veux dire que vous êtes des Toa, et non pas des enfants à qui l'on doit cacher la vérité. Nous savions tout ce qui s'était passé durant ces années, et Makuta le savait aussi, mais *vous* ne le saviez pas. Cette ignorance aurait pu vous coûter la vie. Vous cacher tout cela était une erreur aussi grande que toutes celles que nous avons commises comme Toa Metru.

Tahu brandit son épée et envoya une décharge de feu très haut dans le ciel.

— Les autres Toa doivent entendre ce récit, Vakama. C'est l'histoire d'un triomphe, après tout.

Le Turaga secoua la tête, perplexe. Triomphe? Tahu avait-il bien écouté son récit?

Le piège des Visorak

— Je ne te comprends pas, Toa Tahu.

— Eh bien, vous avez vaincu l'ennemi, n'est-ce pas? Vous avez sauvé les Matoran, vous êtes devenus des Turaga… vous avez gagné.

Turaga Vakama se mit à rire. C'était un son à la fois triste et caverneux.

— Nous étions victorieux, dis-tu? Peut-être que cela apparaît ainsi à tes yeux, mais nous avons payé cher le prix de cette victoire, Tahu, et chacun des Matoran aussi … Par Makuta, quel prix nous avons payé!

Aucun autre mot ne fut prononcé avant l'arrivée des autres Toa Nuva. Quand ils furent tous réunis, Vakama poursuivit son récit…